모두를
이해하지
않아도

다 껴안을
필요도

그래도 당신은 여전히
사려 깊은 사람

'이해'라는 건 물 흐르는 듯한 자연스러움입니다. 그래서 한 사람의 어떤 면을 진심으로 이해했다면 그 부분에서 멈추거나 걸려 넘어지지 않을 것이고, 화가 나거나 서운하지도 않습니다. 이해했다고 말은 하면서 같은 일에 계속 부딪힌다면 말뿐인 이해였을지도 모릅니다.

내 곁을 지켜 주는 사람들을 일상 속에서 종종 떠올립니다. 상상만으로도 미소가 지어지는 그 사람들은 이해가 자유로운 사이라는 점이 닮았습니다. 각자 무슨 결정을 하고 삶에 어떤 변화가 있든 간에 그럴만한 이유가 있었을 거라고 존중하는 사이, 때로는 이해하기 어렵더라도 다른 면에서 이를 상쇄하며 가깝게 지낼 수 있었습니다. 서로 이해를 강요하지도 않고 모든 걸 이해하지 않아도 괜찮은 사이입니다.

우리는 한 사람과 가까워질 때 전부를 이해하려고 무리합니다. 그 사이에서 발생하는 감정들을 다 껴안아 보려고 애쓰지만, 그것마저도 쉽지 않습니다. 각기 다르게 살아온 사람을 완전하게 이해하기는 어려울뿐더러 결코 양보할 수 없어서 좁힐 수 없는 가치관의 차이도 존재하기 때문입니다.

나에게도 선택권이 있음을 잊지 말아야 합니다. 어느 선까지 이해해야 할지, 무얼 껴안고 손 놓아도 되는지 제어하는 권한은 모두에게 있습니다. 부단히 이해해 보려 했지만 그게 도리어 나는 물론 관계까지 해치고 있다면, 혼자 떠안으려 했던 일과 거기서 발생한 어두운 감정이 나를 덮치려 한다면 스쳐 지나가게 흘리거나 냉정하게 정리하고 빠져나올 줄도 알아야 합니다.

그럴 수 있다면 가벼워질 것입니다. 자꾸 불편한 이해를 떠맡아 멀어진 관계는 애초에 맞지 않는 인연이었음을 인정하며 담담하게 털어 낼 수 있습니다. 모두에게 좋은 사람이 되고자 마음을 혹사하지 말아야 합니다. 거기서 새롭게 얻은 여유는 나를 따뜻하게 만드는 일과 웃음을 주는 사람들에게 사용하기를 바랍니다.

모두를 이해하지 않아도 좋습니다.

다 껴안으려 하지 않아도 괜찮습니다.

그러지 않아도 당신은 충분히 사려 깊은 사람입니다.

Contents

part 1

나를
아끼는 일을
양보하지
말아요

타인과 나를 비교하지 말고
내 정의를 남에게 먼저 맡기지 않기
자신의 한계를 섣부르게 단정하기보다
계속 한 걸음씩 나아갈 수 있다고 믿어 주기
세상이 마냥 나를 해치게끔 두지 않고
가장 먼저 내 편이 되어 주기

누구도 당신에게 힘든 감정을 혼자 안고 살라 하지 않는데, 힘들 때는 자신에게 기대라고 말하는 사람도 있을 텐데, 혹 말하는 게 어둠을 나누는 걸까 봐 주저하다가 고민 끝에 홀로 삼키고 감수하는 걸 택했겠죠.

그게 관계를 오래 지키는 것이라 생각했지만, 어느 순간 돌아보니 당신은 주변 사람에게 어려운 존재가 되어 있었을 것입니다. 누구나 삶의 고충이 있기 마련인데 전혀 털어놓지 않는 게 가까운 사이에서 벽을 만든 거죠. 그리고 혼자 짊어지고 견디려다 보니 마음에도 과부하가 걸렸을 것입니다.

힘들 때마다 모든 걸 다 털어놓을 수는 없어도 가끔은 주변에 힘듦을 내려놓기를 바랍니다. 늘 그랬듯이 타인이 힘들어하는 걸 들어 주는 게 더 익숙하겠지만, 당신 일상의 아픔과 피곤을 기꺼이 나눠 갖기를 바라고 그것마저 행복이라 말할 사람이 가까이에 있으니까요.

애써 곱고 좋은 감정만 나누려는 고집을 내려놓을 때 당신은 이전보다 더 아름답습니다.

그대로 흘려 보내도
되는 말이 많습니다

사람들이 내게 하는 말에는
긍정과 존중, 칭찬의 언어도 있지만,
교묘한 시기와 질투의 말, 눈치 없이 상처 주는 말,
대놓고 비난하거나 비꼬는 말도 있을 거라서
모두 흡수하면 분명 나에게만 해롭습니다.
그래서 적당히 듣고 흘릴 줄도 알아야 합니다.
아름다운 말만 품고 살기에도 빠듯한 삶입니다.

쉽게 거절하기 어려웠던 건 누구도 서운하게 하고 싶지 않아 서였다. 하지만 내게 제안하는 요청을 현재 상황에 버겁다는 걸 알면서도 들어주다 보니 즐겁게 수행하기 어려웠을뿐더러 많이 고생한 경우에는 원망이 섞였는지 관계가 소원해지기까지 했다.

무리하게 부탁을 청한 사람도 문제지만 적당히 제지하지 못한 내 잘못도 컸다. 비슷한 경험을 반복하면서 앞으로는 몇 가지 기준을 거쳐 부탁을 받거나 거절하고 그렇게 받은 부탁은 군말 없이 열심히 이행하기로 다짐했다. 기준이라 말했지만, 별거 없이 간단하다.

1️⃣ 기분 좋게 받아들일 수 있는 일인가
2️⃣ 현재 내 상황에 부담스럽지 않은가
3️⃣ 다소 무리하더라도 기꺼이 들어줄 만한 사람의 부탁인가

저 기준을 벗어난다면 내가 거절해도 정당성이 있었고 정중하게 사양했을 때 상대가 서운하다 한들 어쩔 수 없다 생각하기로 했다. 무조건적이고 잦은 거절은 스스로 외롭게 만들 수도 있지만 적절한 거절은 삶에 여유를 주고 주변 사람과 관계를 더 건강하게 만든다. 내 일상에서 나를 위해 쓸 수 있는 부분이 요만큼밖에 없는 줄 알았는데 약간의 거절만으로도 훨씬 더 많은 공간을 이용할 수 있게 되었다.

자기 주도적인 삶이 중요하다. 타인에게 끌려다니면 결코 내가 우선이 될 수 없다. 내 형편을 고려하면서 어쩔 수 없이 거절했는데 상대방이 크게 실망하거나 등을 돌린다면 자기 급한 것만 생각할 뿐 나를 배려하지 않는 사람으로 여겨도 무방할 것이다. 거절을 두려워하지 않기를, 나를 향한 모든 서운함에 일일이 대응하지 않기를 바란다.

우선 자신을 믿을 것

네가 무언가에 끌렸다면
그만큼 매력적이었기 때문일 거고
포기하고 손 놓았다면
돌아설 만한 이유가 있었을 거야.
자신을 의심하지 말자.

고민이 있을 때 조언을 얻을 수는 있지만

네 상황과 마음은 누구보다 네가 가장 잘 알아

자신을 목적으로 두고 충분히 고민하고 결정했으면

네 결정이 옳다고 나는 믿어

너를 진심으로 아끼는 사람이라면

그 선택을 당연히 응원하고 지지할 거야

마음이 가벼워지는 방법

- 일어나지도 않은 일 미리 걱정하지 않기
- 사소한 것에 크게 의미 부여하지 말기
- 아닌 인연에 미련이 자라게 두지 않기

정말 잘 알고 있다면
변해야 합니다

나를 많이 사랑해 준다는 이유로 연애를 시작했는데 먼저 손을 놓는 일이 많았다면 내가 더 사랑할 수 있는 사람과 만나야 합니다. 가만두면 낫겠지 하고 병이 커질 대로 커지게 됐던 사람은 앞으로 증상 초기에 병원에 가야 합니다. 솔직하다는 핑계로 주변 사람들에게 말로 상처를 주고 있다는 걸 자신도 알고 있다면 생각을 여러 번 걸러서 말하는 게 좋을 것입니다.

매번 상대가 알아서 눈치채 주기를 바라고 속내를 얘기하지 않다가 그대로 멀어진 경험이 있다면, 마음이란 건 밖으로 드러내야 상대에게 닿는 것임을 깨달았을 것입니다. 나를 둘러싼 모든 존재는 언제, 어떻게 떠날지 모르니 소중하다면 사진과 영상, 글과 음성으로 함께하는 오늘을 남겨 두면 좋습니다. 음식을 옷에 잘 흘린다면 식당에 비치된 앞치마를 걸치거나 어두운 옷을 입으면 나을 것입니다.

기억이 얕은 사람은 그때그때 메모하는 습관을 들이거나 휴대폰에 알림 설정을 해야 합니다. 감기에 잘 걸리는 이유가 얇게 입기 때문이라고 결론 내렸다면 평소보다 두꺼운 옷을 걸치는 게 낫지 않을까요. 좋아하는 음식이더라도 먹을 때마다 속이 좋지 않고 탈이 난다는 건 자신과 맞지 않다는 표시니까 될 수 있으면 멀리해야 합니다. 그리고 사랑하는 사람 입에서 나온 충고나 서운함, 하소연은 백번 생각해야 한 번 꺼내는 것이라서 그냥 지나쳐서는 안 될 것입니다.

편하고 친하다는 이유로 그렇지 않은 사람들보다 소홀하게 대한다면 언젠가 크게 후회할 일이 생깁니다. 충동구매가 많은 사람은 사려고 하는 타이밍에서 한 번 더 참는 걸 권합니다. 매번 비슷한 스타일의 이성을 쫓았는데 사랑과 연애에 실패했다면 그런 성향이 자신과 맞지 않다는 걸 받아들여야 합니다. '내가 매력을 느끼는 사람'과 '나와 오래 함께 할 수 있는 사람'은 다르기 때문입니다.

타인과 자신을 비교하고 질투하는 습관은 더 밝게 지낼 수 있는 오늘을 어둡게 합니다. 변화를 바란다면 당장 작은 목표라도 정하고 노력해야 합니다. 때로는 온 정성을 쏟아도 목표를 이루지 못할 때가 있다는 걸 인정해야 합니다. 현명한 포기는 다가올 성공을 더 빨리 맞이하게 도와줄 수 있습니다.

이제는 놓아야 하는 것들

하나, 끝나 버린 인연
둘, 내 손을 벗어난 고민
셋, 오늘과 내일을 짓누르는 부담감

언제까지라고 기약도 없이
안고 있어야만 할 것 같지만
막상 내려놓아도 별일 없는 것들.

힘든 관계에서도
분명 얻는 게 있어요

연을 맺은 사람과 멀어지는 게 내게 좋지 않은 영향만 준다고 생각했었지만, 더 지나고 보니 긍정적으로 삼을 만한 부분도 많았습니다. 친해지고 싶었던 사람과 내가 바라던 만큼 가까이 지낼 수 없었던 이유도 이성적으로 정리할 수 있었고 나와 잘 맞거나 맞지 않는 사람은 어떤 성향인지도 더 잘 알게 되었습니다.

때로는 사랑했던 그 사람이 아니면 세상도 없을 거라고 믿었던 적도 있었습니다. 그 사랑을 잃고서는 얼마간의 고통은 있었지만 서서히 일상을 회복했고 이후에는 더 사랑할 수 있을 만한 사람도 생겼습니다.

관계를 정리하는 고비마다 헛헛해지는 빈 가슴을 채워 줬던 고마운 사람들과는 이전보다 더욱 깊은 사이가 되었습니다.

하나의 관계가 끝나고 나면 그 자리에는 내일의 내게 주는
메시지가 반드시 있었습니다. 정리하는 고통만큼 깊은 교훈
을 남겼고 나를 더 성숙하게 만들었습니다.

그럼에도

도망가지 않았다면

다 내려놓고 싶은 날도 있었겠죠. 당장 앞에 놓인 일도 빠듯한데 매우 힘든 감정까지 겹쳤을 테니까요. 무엇이 더 중요한지 알지만, 다 필요 없고 멀리 도망가고 싶었을 거예요. 그럼에도 지지 않고 꿋꿋하게 버텼다면 분명 이전보다 성장했을 것입니다. 스스로 칭찬하는 데 인색했다면 수고했다고 꼭 토닥여 주세요.

내가 다양한 일을 혼자 할 수 있게 체질이 바뀌었던 건 획기적인 변화였다. 그것은 '혼밥'처럼 사소함에서 비롯됐다. 처음 시도한 건 스무 살 겨울이었는데 그 과정이 참 매끄럽지 않았다. 지방에서 서울로 올라와 혼자 살던 나는 어느 날 짜장면이 무척 먹고 싶었는데 근처에 한 그릇만 배달해 주는 중국집을 찾기 어려웠다. 그렇다고 당장 짜장면을 먹자고 사람을 불러낼 수도 없는 일이었다. 지금 생각하면 그게 뭐라고 용기까지 필요하겠느냐만 혼자 중국집을 찾은 경험이 없던 나로서는 꽤 갈팡질팡했다. 식당 앞에 도착해서도 문밖에 애매하게 서서 내부에 사람이 거의 없다는 걸 확인하고서야 몸을 움츠리고 문을 열었다. 주문한 짜장면은 고개도 들지 않고 다 먹었고, 겨우 테이블과 그릇을 향하던 눈을 들어 주변을 훑을 수 있었다.

다행히 나를 쳐다보는 사람은 없었고 다들 식사하거나 서로

애기에만 집중하는 모습이었다. '와…쟤는 혼자서 밥 먹나 봐.' 하고 안쓰러운 눈으로 바라보는 눈동자는 존재하지 않았다. 그렇게 계산을 마치고 나오는데 몇 단계 성장한 느낌이랄까, 오랜 시간 묵혀 둔 숙제 하나를 마친 듯 뿌듯했던 기억이 난다.

사람들은 타인에게 쓸데없이 관심이 많다고 알고 지냈던 삶에서 자기 외의 일에 무심하기도 하다는 걸 깨달은 순간이었고 그렇게 한 번 포문을 열었던 후로는 혼자 다양한 일을 도전하면서 점점 더 개의치 않게 되었다. 이제는 능숙하게 혼자 영화를 보고 여행을 떠난다. 노래방이나 축구, 야구장, 전시회와 같은 문화생활도 마음이 시키면 자유롭게 다닐 수 있다.

무언가 하고 싶은 마음이 있어도 함께할 사람이 없다면 쉽게 단념하던 족쇄를 풀어 버렸다. 꼭 2인 이상이 있어야 하는 줄 알았는데 솔로 플레이 기능도 있다는 걸 뒤늦게 깨달은 것이다. 이런 가치관의 변화는 내게 더 큰 자유를 주고 자립심을 키웠다.

같은 책을 읽더라도 무엇을 겪은 후에 읽는지에 따라 다른 향이 나듯이 사람 역시 같은 경험을 하더라도 나이에 따라 다른 색일 것이라서 내 연대기에 펼쳐질 여러 색을 수집하고 싶었다. 그리고 나는 어떤 연령대에 반드시 해야 하는 일이 있다고 믿는 데 함께할 사람이 없다고 마냥 그 시기를 지나친다면 나이가 들어서 후회할 것만 같았다. 좋은 경험을 좋은 사람과 함께하는 건 더할 나위 없이 행복하겠지만, 굳이 기다리며 시간과 청춘을 흘려보내지 않고 혼자라도 도전하면서 의미 있게 보내려고 한다.

미워하는 사람이 적은 이유는

특별히 이해심이 많거나 관대해서가 아니라

누군가를 미워하는 데 쓰는 에너지가 아까울뿐더러

미움을 담고 있으면 스트레스를 많이 받기 때문입니다.

미워질 듯한 사람과는 최대한 접점을 두지 않으려 해요.

적당한 거리에서 형식적인 예의만 지켜도 충분합니다.

더 나은 나로 변하고 있다는 증거

포기하고 싶던 지난 일들을 잘 견뎠다.
힘든 시간에도 주변 사람에게 웃으면서 대했다.
갈등 상황에서 상대방 탓만 하지 않았다.
미래의 목표를 위해 오늘도 절제하며 애썼다.

마음 확장 공사

비슷한 결의 감정이라도 섬세하게 나누고 표현하는 걸 즐기는 내게 '서운함'과 '실망'은 고통의 정도에서 차이가 있다. 서운함은 조금 아프고 불편하지만, 곧 풀릴 수 있는 감정이라면 실망은 관계에 균열이 생길 만큼 큰 충격이 있을 때 쓰인다. 실망을 서운함과 혼용하는 사람도 있지만, 나는 심각한 의미로 받아들이는 편이라 평소 입 밖으로 내는 걸 조심한다.

서운함은 자신의 이해 범위에서 상대의 행위가 벗어났을 때 발생하는 감정이다. 그래서 여러 감정과 다양한 상황을 이해하는 폭이 좁을수록 서운함을 잘 느낀다. 여러 가능성이 있는 일에 자신만의 방식을 고수할 때도 마찬가지다. 좀 더 너그러워도 되는데 남 탓이 늘고 왜 내 주변에는 이런 사람밖에 없을까, 뭐가 꼬여서 나를 상처 주는 사람들뿐인지 원망하며 화를 쌓는다.

과거 서운함이 많았던 나는 해결책을 고민하다가 단순한 결론에 이르렀다. 내 안의 이해를 넓히거나 상대방으로 하여금 내 이해의 범위 안에서 행동하도록 유도하는 것. 어느 쪽이 더 쉬울지 고민하지만 전자를 택한다. 남을 바꾸는 것보다 내가 변하는 게 쉬울 뿐 아니라 이해가 좁으면 아무리 무례한 관계를 정리해도 흐트러진 내 마음마저 다스릴 수는 없어서다. 내가 관계에서 굽히고 들어가는 게 아니라 더 성숙한 마음으로 사람을 대하게 될 것이다. 이것을 '마음 확장 공사'라고 부르고 싶다.

마음을 확장하려면 유연함이 필요하다. 영화 매트릭스에서 키아누 리브스가 허리를 한껏 뒤로 젖히며 날아오는 총알을 피하는 장면처럼 내게 고여서 아플 말이나 행동이라면 유연하게 적당히 흘려듣고 나를 지나치게 두는 것이다.

좋은 대화도 길어지다 보면 불필요한 말까지 나오는 경우가 있다. 관계 역시 비슷해서 좋은 사람 간에 시간을 쌓는 과정에서 의도치 않게 불편한 일이 생기기도 한다. 그동안 쌓인 정이 있다면 유연하게, 너그러이 흘려버려도 좋을 것이다. '그래, 그럴 수도 있지.'라는 주문을 외치면서 말이다.

한 사람을 알아가고 긴밀하게 지내려면 그 사람의 사용법을 알아야 한다. 이전에 비행기 조종석을 영화나 사진으로 접했는데 얼핏 봐도 상당히 복잡했다. 사람의 사용법도 시각적으로 펼쳐져 있지 않아서 그렇지 그 이상으로 입체적이고 복잡할 것이다.

서운함도 두 사람이 상대방의 사용법을 잘 숙지하지 않아서 발생하는데 물 흐르듯 관계를 유지하기 위해서는 생각과 취향을 나누는 대화는 물론 적지 않은 시간을 함께 보내야 한다. '이 정도는 당연히 알아야 하는 거 아닌가?'라고 생각하는 건 지극히 내 입장이다. 상대는 나와 다른 환경에서 살아왔고 내가 뒤척이는 일에 불편을 느끼지 않을 수도 있다. 하지만 서로 다른 부분에서 불편을 느끼는 관계도 합의점을 찾으면 조심하고 배려하며 지낼 수 있다.

덜컥 뾰족해지고 쉽게 서운함을 갖기 전에 '이 사람이 내 이런 부분은 잘 모르나 보다.'라고 먼저 생각하고 차분하게 알려 주기를 추천한다. 이런 과정은 타인에게 내 사용법을 알려 주는 것이기도 하지만 그전에 스스로 감정을 다스리는 방법이기도 하다.

어떤 사람이 되고 싶은지 질문을 받으면 '바다 같은 사람'이라고 답하곤 했다. 우리가 완전하지 않기에 종종 일어날 수 있는 일들과 상대의 허물마저 너그러이 이해하고 때로는 모른 척해 줄 수 있는 마음을 가진 사람. 그릇이 넓고 깊어져서 내 마음속 출렁임이 수면 밖에서 일일이 드러나지 않기를 바란다. 지금은 연못이나 작은 호수 비슷한 것에 지나지 않지만, 마음 확장 공사는 앞으로도 계속될 예정이다.

다짐

나는 여러모로 부족하지만
그럼에도 충분히 사랑스러울 수 있음을 깊게 새길 것,

모두에게 좋은 사람이 되지 않아도 괜찮다는 걸
늘 잊지 않을 것,

일주일에 반나절 이상은 아무것도 하지 않고
충전할 수 있는 시간으로 확실히 남겨 둘 것,

관계에서 수동적이었다면 가끔은 먼저 안부를 묻고
만나자고 손 내미는 사람도 되어 볼 것,

과거를 후회의 연료로만 쓰지 말고
더 나은 오늘과 내일을 위한 거름으로 삼을 것.

좋은 사람은
더 많은 이에게 매력적이니까

　내가 좋은 사람이 되면 그만큼 좋은 사람들과 함께할 수 있습니다. 그렇지만 좋은 사람이 된다는 게 나를 해할 수 있는 존재가 알아서 나를 피하거나 내게 다가오지 않는다는 의미까지 포함하는 건 아니었습니다. 좋은 사람은 더 많은 이가 가까이하고 싶을 테니까요. 그래서 우리가 부정적인 영향을 끼칠 만한 인연을 사전에 막아 낼 수 없다면 더 좋은 사람이 된다는 것만으로 인간관계에서 오는 상처와 회의감으로부터 자유로울 수는 없을 것입니다. 지금보다 더 나은 사람이 되려는 노력은 응원하지만, 사람 때문에 아플 때 스스로 좋은 사람이 아니라고 자책하지 않았으면 좋겠습니다. 사람은 시간을 두고 겪어 봐야 잘 알 수 있고 나를 해할 만한 사람을 미리 발견하고 정리하는 건 누구에게나 어려운 일입니다.

주변에 피해 주는 행동을 하지 않아도

내 할 일을 열심히 하면서 선을 지켜도

그 모습마저 미워하는 사람이 있습니다.

납득할 만한 이유도 없이 나를 미워하는 사람은

어차피 남은 삶을 함께할 수 없어서

나와 분리하고 연연하지 않아도 괜찮습니다.

내가 옳다 생각하는 방향으로 성실하게 살 때

곁을 지키는 이들과 잘 지내면 됩니다.

나를 제일 잘 아는 사람은
바로 나 자신입니다

고민이 있을 때 조언을 얻을 수는 있지만,
구체적인 상황과 심리는
누구보다 당신이 가장 잘 알고 있어요.
자신을 목적으로 두고서 충분히 고민했으면
당신의 결정이 옳을 거고
당신을 진심으로 아끼는 사람이라면
당연히 그 선택을 응원하고 지지할 거예요.
결정한 다음에는 다른 선택지를 매만지지 말고
자신을 믿으면서 앞으로 나아가세요.

언젠가부터 처음 보는 사람을 만나는 자리가 생기면 얼굴도 보기 전에 마음이 편치 않았다. 잘 맞는 이들만 있으면 좋겠지만, 그중에는 나와 많이 달라서 대하기 어려운 사람이 있을지도 모른다. 그 어색한 분위기를 상상하면 마음이 무겁다.

아마 이전에도 같은 경험이 있어서일 것이다. 나는 괜히 모든 구성원과 좋은 관계를 유지해야 할 것만 같아서 조금이라도 내게 거리를 두거나 우호적이지 않은 이가 있으면 필요 이상으로 불안하고 스트레스를 받았다. 심할 때는 상대방이 내게 부정적인 언행을 보인 것도 아닌데 혼자 짐작하고서 나를 싫어한다고 단정 짓기도 했다. 자신을 괴롭게 만들었던 기억이다.

그렇게 모두와 잘 지내 보려, 미운 사람이 되지 않으려 애썼지만 결국 그중 극소수의 사람과만 연을 이어가고 있었다. 이전에 3~40명 규모의 모임에서 약 3년간 열심히 활동했던 적이 있었다.

사이가 나쁘다 말할 만한 사람도 없었는데 활동을 마친 이후 지속해서 연락하고 안부를 묻는 이는 단 두 명뿐이라는 사실에 지난 시간을 낭비한 것만 같은 자괴감을 느꼈다. 그렇지만 모든 이와 똑같은 농도로 뜨겁게 지낼 수는 없는 일이고 더 잘 맞고 결이 비슷한 사람을 자주 찾게 되니까 자연스러운 순리였다. 모두와 다 잘 지내고 싶다는 건 욕심이었고 실제 내 인연의 가방에는 훨씬 적은 인원밖에 담지 못한다.

학창 시절 친구들 역시 마찬가지다. 한 학년 정원이 약 400명이었는데 초, 중, 고등학교에서 평생 볼 사람을 한 명씩이라도 남기는 일이 참 어렵다는 걸 새삼 깨닫는다. 졸업해도 친목을 이어가는 친구가 단 한 명도 없는 사람도 많다. 그들이 인간관계를 잘못했다기보다 연을 굵게 이어가는 게 혼자만 잘해서 되는 게 아니라서 어렵다는 얘기다. 그렇게 내가 속한 집단의 사람들과 두루 친하게 지내야 한다는 강박을 내려 두었다.

가까이하고 싶은 사람과 그만큼 못 지내는 것도 아픔이지만, 멀리하고 싶은 사람을 제때 선 긋지 못하는 것도 고통이다. 자신을 힘들게 하는 사람에게 목소리를 내지 못하는 이들을 종종 본다. 저러다 말겠지…라고 얕은 기대를 속으로 삼키는데 혼자만

멍이 든다. 착한 사람이 되어야 한다는 생각에 괜찮지도 못할 거면서 참기만 하고 냉정한 말을 하지 못하는 것이다. 나를 힘들게 하는 이들이 내게 주는 불편이 있다면 내게도 그것을 밀어내고 선 그을 능력이 있다는 것을 모르는 이가 많다. 맞받아치기, 흘려보내기와 같은 방법일 텐데 적절히 자기방어 하느라 강한 모습을 보이는 이를 비난할 수는 없을 것이다. 마냥 선을 넘어오는 걸 가만두면 상대방은 계속 그렇게 행동해도 되는 줄 알기 때문에 때로는 냉정하고 단호한 모습도 분명 필요하다.

최근 여러 매체에서 육아 멘토로 활발히 활동 중인 '오은영 박사'는 자녀에게 무조건 학교 급우들과 두루두루 친하게 지내길 강요하지 말라고 조언한다. 같은 반 아이들은 등교부터 하교까지 생활을 같이하는 사람들일 뿐 모두 친구는 아니라고 강조한다. 친구는 '친한 사람'이라는 의미라서 친구와 나머지 사람들과는 구분할 필요가 있다는 말이다. 어른들도 한 사무실 내 직장 동료나 무리에서 모두 친하게 지낼 수 없지 않은가, 본인도 할 수 없는 걸 자녀에게 시키지 말라는 것이다. 우리는 이런 메시지를 진지하게 귀담아들을 필요가 있다. 같은 학교를 나왔으면 동문일 뿐 모두 친구는 아니며, 같은 회사에 다닌다면 우선은 단순 동료라 여기고 가까운 지인이라 묶어 생각하지 않는 것. 나를 둘러싼 관계를 그 무게에 맞게 하는 것만으로도 이전보다 여유롭고 가벼워질 것이다.

남에게는

나쁘지 않은 사람 정도면 충분해

우선 나 자신에게

좋은 사람이 되자

당신을 크게 아프게 한 사람들이 지금은 더 잘 지내는 것처럼 보여도 남은 삶에서 상처를 준 만큼 되돌려 받으며 살게 될 거예요. 다만 우리가 남은 삶에서 그 사람이 무너지는 모습을 확인할 수 없을 뿐입니다. 그러니 굳이 직접 복수를 하겠다며 수고를 들이지 않아도 됩니다. 사람 때문에 손에 때를 묻히는 것도 그 과정에서 다시 감정을 혹사하는 일이잖아요. 누군가를 아프게 한 사람은 언젠가는 반드시 화를 입는다는 정의를 믿고 살기로 해요.

살다가 큰일을 겪으면 주변 사람의 명암을 확인할 수 있었고, 단기간에 여러 인연에게 실망이 겹치면 인간관계 자체에 회의를 느끼기도 했다. 그럴 때는 대대적으로 가지치기를 했다. 거창하게 '정리'라고 이름을 붙였지만, 간단히 말해서 더 가까이하거나 조금은 거리 둘 관계를 돌아보는 기회를 가지는 것이다.

내가 얼마만큼 규모로 인간관계를 꾸릴 수 있는지 확인하는 시간이기도 했다. 평소 약속이 잦아서 쉴 틈이 없거나 여러 사람에게 서운함을 줬다면 내가 관리 가능한 범위를 넘어섰다는 신호고, 관계의 깊이보다 넓이에 욕심을 부렸다는 경고다. 그런 시기에는 새로운 인맥을 늘리는 걸 자제하고 현재 가까운 이들에게 충실해야 한다. 내가 소홀히 했을 때 가장 서운할 만한 사람들과 더 자주 보고 연락하며 시간을 보내야 한다. 내게 느낀 서운함이 오해였음을, 우리 관계는 이렇게 별 탈이 없다고 안심시킬 필요가 있다.

이렇게 어느 정도 질서 있게 정돈을 하면 인간관계에서 발생하는 고민은 대다수 사라질 거로 예상했지만 그렇지 않았다. 여전히 사람 때문에 서운함이 크고 자주 우울했다. 사람이 부족한 건 아닌데 채워지지 않는 것이 있었다.

내가 가진 대부분을 사람에게 올인한 적이 있었다. 사랑할 땐 사랑에 목을 매고 남는 시간에는 친구나 지인과 함께했다. 그나마 집에 있는 시간 역시 휴대폰이나 컴퓨터용 메신저로 메시지와 통화를 주고받으며 여전히 신경은 사람을 향했다. 혼자 있는 시간도 온전히 혼자로 누리지 못했다. 아니 혼자로 누리려고 하지 않았다.

그렇게 마음을 쏟았음에도 돌아오는 형태들이 초라할 때 차오르는 복잡한 감정은 '불행'이라는 단어를 자주 매만지게 했다. 힘든 시간을 거쳐 어렵게 가려낸 사람들임에도 그와 걸맞지 않은 마음을 내게 돌려줬다는 게 더 아팠다. 나는 충분히 노력하고 애썼다고 자신했어서 그런지 자꾸 타인에게 내 무표정과 불행의 책임을 돌렸다.

혼자 잘해 주고
혼자 서운한 날이 많았다
내 덕에 네가 행복했다면
그걸로 만족해야 하는데
그 즐거움을 내게도
돌려주길 바랐나 보다

상황을 잘못 분석했다는 걸 깨닫기까지 상당한 시간이 걸렸다. 여러 경험 끝에 도출한 가장 근원적인 문제는 나 자신의 정의를 타인에게 맡겼던 점이었다. 스스로 자신을 괜찮은 사람이라 생각하고 있었나? 돌아보면 아니었다. 나조차도 자신을 썩 매력 있거나 멋진 사람으로 여기지 않으면서 남에게 먼저 인정받기를 바랐다. 타인이 먼저 나를 정의하고 나는 그 평가에 순응하는 순서로 받아들이려 했다.

좋은 평가를 듣고 괜찮은 사람으로 정의되고 싶어서 애쓴 부분도 있었다. 남들이 나를 좋은 사람으로 여기며 칭찬의 말을 해 줘야만 내가 괜찮은 존재가 되는 거로 생각해서 나를 정의할 다른 통로는 고려하지 않았다. 외부에서 바라보는 내 모습에만 집착했다.

그럴수록 내게 닿는 시선을 더 의식한다. 사람들 눈에 벗어나거나 오해가 생겨 별로인 존재가 되면 내가 정말 그런 사람이 되어 버리는 거 같아서 눈치를 봤고, 별거 아닌 일에도 혼자 심하게 의미를 부여하며 마음 앓이를 했다. 누군가의 '친함'에서 이탈되는 게 두려웠다. 자존감이 낮았을 때 그 증세는 더 심했다.

타인에게 인정받고 기억되고 싶은 모습이 있다면 먼저 자신에게 그렇게 말할 수 있어야 한다. 스스로 자신이 있다면 행여 그와 반대로 평가하는 의견을 마주하더라도 쉽게 무너지지 않는다.

누리고 싶은 즐거움이나 행복 대다수를 타인에게 의존했다는 점도 상당한 문제였다. 스스로 주체가 되지 못하니 애인이나 친구, 가족에게 자꾸 내가 행복할 수 있는 무언가를 간접적으로 바랐고 원하던 대로 되지 않으면 예민해지면서 감정 기복도 심해졌다. 이해받지 못한다는 생각에 점점 외로움은 커진다. 내가 받고 싶은 형태의 마음을 타인에게 주는 것까지 이해할 수 있지만 그게 과했던 것이다.

지인들도 각자 일상에서 고민과 걱정이 있기 마련이라서 내가 바라는 마음을 그대로 돌려준다는 게 쉽지 않다는 걸 간과했다. 당시에는 요즘처럼 '나를 사랑하기'와 같은 트렌드도 없었고 인간관계에 대다수 비중을 두고 있었기에 딱히 나를 위한 시간을 가져야겠다는 개념조차 없었다.

마음 건강을 위한 처방으로 '사람'이 아니어도 내가 즐거울 일이 무엇인지 찾는 시간을 가졌다. 낯선 고민이라 처음에는 떠올리기 어려웠지만 하나둘씩 발견할 수 있었다. 서점에서 시간에 구애받지 않고 책을 보는 일, 낯선 펜을 사서 글씨를 쓰고, 좋아하는 영화를 보면서 만들어 둔 식사를 천천히 즐기는 일처럼 기존에 익숙한 것들도 있었고 즉흥적으로 홀로 훌쩍 여행을 가거나 자신에게 크고 작은 선물을 주는 건 새롭게 찾은 즐거움이다.

삶은 내가 주체여야 한다. 스스로 쌓는 행복이 주가 되고 주변 사람이 주는 것들은 부수적으로 주변을 장식하는 존재여야 한다. 내가 만든 심리적 안정이 충분한 재고를 갖추고 있으면 마음에 여유가 생겨서 가까운 이들에게 엄격하지 않고 서운함을 줄일 수 있다.

그리고 내가 준 마음보다 타인이 적게 돌려주는 걸 당연하게 받아들이기로 했다. 기대를 낮추니 주는 행복도 커졌고 나와 닮은 마음으로 돌려주는 사람에게는 훨씬 더 감사할 수 있었다. 이렇게 내가 나를 짓눌렀던 무게에서 한결 더 가벼워진다.

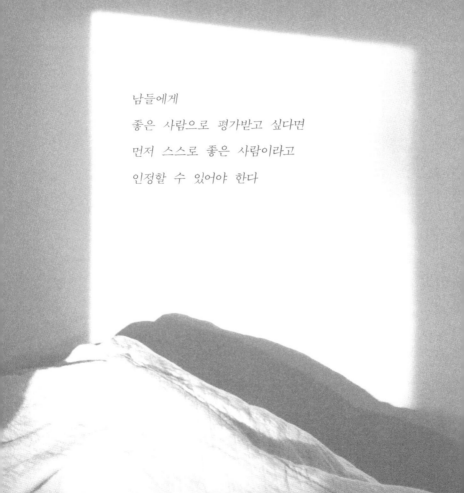

남들에게
좋은 사람으로 평가받고 싶다면
먼저 스스로 좋은 사람이라고
인정할 수 있어야 한다

예쁘게 말하도록 해요

예쁜 말을 쓰는 게 옳다 생각하고
온기를 담아 말하는 것에 익숙해지면
따뜻한 말을 사용하는 사람이 주변에 남습니다.
그렇게 내 삶이 점점 예쁘게 물들어 갑니다.

나는 부탁을 하는 게 참 어렵다. 부탁해야겠다는 마음이 들 때부터 누군가에게 부탁을 꺼내 놓는 사이에 일어나는 복잡한 감정도 힘들고, 부탁을 하고 나서도 대답을 기다리는 시간에는 무언가 가슴에 얹힌 듯 답답했다. 부탁한다는 게 이렇게 초연함과 담력을 요구하는 일이라니 여러 부탁으로 자신의 틈을 채우는 사람들이 대단해 보이기까지 했다.

나를 더 편하게 하고, 앞길을 수월하게 만들어 줄 것 같은 어떤 마음가짐이나 물건을 종종 접하는데 막상 내게 적용하거나 사용해 보면 예상외로 불편하고 어울리지 않는 것들도 꽤 많았다. 타인에게 부탁하는 일도 내게는 그러했다. 사전적 정의대로 부탁(付託)은 '어떤 일을 해 달라고 청하거나 맡기는 행위'라서 본래 상대방의 일이 아니었음에도 내가 청했기에 떠맡게 된다. 거기서부터 내 불편함이 싹튼다. 주변에 한가한 사람은 없고 아무것도 안하는 듯 보이는 사람도 다들 다음 갈 길을 고민하며 내적으로 분주하다. 그걸 내심 알기에 부탁하는 심정은 편치 않다. 눈치라고 해야 할지 배려라 해야 할지 모르겠지만, 없던 일을 생기게 했다는 게 마음을 떠나지 않아서 쉽사리 부탁을 내어놓지 못한다.

몇 년 전에는 지인에게 어렵게 부탁을 하고 상대가 넉넉하게 가능하다는 날짜로 기한을 잡았다. 그런데 당일이 지나도 말이 없어서 연락을 해 보니 그간 바빠서 잊었다며 사과만 덩그러니 돌아왔다. 곧 처리해 주겠다고 했지만, 내게는 촉박한 일이라서 직접 하는 것을 택했다. 이렇듯 부탁이 좋게 마무리되지 않을 때는 복잡한 감정이 생기기도 한다.

부탁을 주고받으면 내 일을 내가 여기는 만큼의 무게로 대하는 사람이 많지 않다는 사실을 깨닫는다. 일을 맡기면 내가 하는 정도의 수고로 처리해 주기를 은근히 바라는 심보가 발동하는데, 부탁하는 처지에서 적절치 않은 과한 기대다. 여러모로 따져 봤을 때 섬세하고 엄격한 사람은 자기 일을 타인에게 부탁하지 말고 스스로 하는 게 더 적합할 것이다.

부탁을 잘하지 못하는 건 내 성격일 뿐 청하면 분명 들어줄 만한 사람들이 있다. 어쩌면 그런 존재들이 내가 타인에게 여러 부탁을 하면서 얻을 편익보다 내게 더 힘이 되고 이로울 수 있다는 생각을 해 본다. 내가 받은 부탁만큼 남에게 일을 나누지 않아도 괜찮다. 현실에 맞게 감당할 수 있는 정도로 들어 주고 밀어내며 지내면 될 것이다.

편안함과 불편함의 경계

누군가와 가까워지고 싶다면

좋은 사람이 되기 이전에

부담스럽거나 불편한 사람이 되지 않도록 할 것.

그 선을 잘 지키지 못하면

예정보다 이르게 짐을 싸야 할지도 모를 테니.

나는 의도하지 않았지만, 내 언행으로 상대가 아팠다면 억울함보다 미안함을 보이는 게 우선입니다. 그리고 내게는 민감하지 않은 부분이 누군가에게는 건들지 않았으면 하는 영역일 수도 있음을 기억해야 합니다.

마음이 강인한 사람도 연약한 부분이 하나쯤은 있기 마련이고 한 사람과 좋은 사이로 지내고 싶을 때 그 사람이 싫어하는 것을 하지 않는 게 우선입니다. 가까운 사람이 어떤 얘기에 민감하게 반응할 때 예민하다고 몰아세우기보다 앞으로 기억하고 조심한다면 더 따뜻한 사람으로 남을 거예요.

너는 무너질 수 없는

운명을 타고났단다

너는 좋은 사람이라서,

너를 외롭게 두지 않는

따뜻한 사람들이 지지하고 있어서

마냥 무너질 수 없는 운명을 타고났단다.

결국, 다 잘 될 거야.

너무 걱정하지 말자.

가볍게 지나쳐야 했던 사람에게 너무 많은 마음을 줬던 후회
나 정작 마음 줘야 하는 사람에게 더 주지 못한 한탄을 더는 하
지 않기로 했다. 곱씹으면 아쉽지만, 당시 나는 그럴 만한 이유가
있었을 거라고, 지금은 그때보다 나은 나라서 같은 경험을 반복
하지 않을 수 있다고 다독이기로 했다.

나랑 잘 맞는 사람

주제와 상관없이 대화가 잘 맞는 사람
웃음 코드가 비슷하고 자주 보고 싶은 사람
함께 있을 때 즐거워서 시간을 훌쩍 가게 하는 사람
다양한 경험을 같이 해도 부딪침이 적은 사람
힘들 때 위로하고 행복할 때 진심으로 축하해 주는 사람
내가 더 좋은 사람이 되고 싶게 만드는 사람
나를 믿고 내가 믿을 수 있는 사람

part 2

오늘의
우리는
그때의
우리가
아니라서

사랑이었던 것이 사랑이 아니게 되면
아는 것들을 모른 척하고 살아야 합니다.
오늘 우리는 그때의 우리가 아니라서
사소한 일상도 들여다볼 수 없음을
담담하게 받아들여야 합니다.

행복의 출발선

지나간 일을 계속 떠올리면서 힘들어하거나 미련을 놓지 않는다고 해서 과거를 수정할 수는 없습니다. 주어진 시간에 할 수 있는 만큼 최선을 다했다면 그 결과를 담담히 받아들여야겠죠. 어떤 행복은 그곳이 출발선이 됩니다.

불행을 오래 잡아 두지 않고
행복을 빨리 맞이하는 방법

하나, 주어진 기회와 시간에 최선을 다한다
둘, 결과를 겸허하게 받아들인다

나이만 먹고 성숙은 더딘 날들

사람과 사랑을
조금 더 너그럽고
어른스럽게 대하지 못했던 게
깊게 후회될 때가 있습니다.

상대방 행동을 표면적으로만 판단했고
어떤 의도에서 그랬는지까지는
생각하지 않았습니다.

직접 보고 들은 것만으로
두 사람이 충분히 사랑하고 행복할 수 있었는데
닥치지도 않은 미래를 불안해하며
다툼을 키웠습니다.

몇 번 겪었다고
사랑을 잘 안다고 자부했었지만
당장 앞에 있는 사람 마음도
헤아리지 못했습니다.

나이만 먹었을 뿐이지
여전히 철부지였습니다.
그렇게 어른 가면을 쓰고 다녔나 봅니다.

어디에 더 마음을 쏟아야 할까

후회는 소중한 만큼 소중하게 대하지 않은 데서 발생합니다. 보잘것없는 존재에 너무 많은 자신을 쏟았을 때도 마찬가지입니다. 우리가 무언가를 아끼고 최우선에 두고 있다고 남들과 자신까지 속이며 말하기는 쉽겠지만, 정말 그랬는지는 무엇이 우리에게 남아 있고 무엇을 잃었는지가 보여주겠죠.

오늘 내게 무엇이 소중하고 무엇은 밀어내도 되는지 진실하게 물어보는 시간이 필요합니다. 문답을 마치며 자신을 돌아보면 의미 없는 데 시간을 많이 썼고 정작 채워야 하는 대상은 외면했다는 걸 확인하게 될지도 모릅니다. 자신에게 종종 질문을 던지는 습관은 진심과 현실 간에 차이를 좁히고 뒤늦은 후회를 줄이게 도와줄 것입니다.

지금 누리는 것 중에 잃었을 때

눈물 흘릴 만한 게 있다면

우리는 그것에 보다 정성을 다해야 합니다

반대로 담담히 상실을 받아들일 수 있는 존재가

하루에 큰 부분을 차지한다면

자신을 더 뜨겁게 만드는 것과

순서를 바꾸어도 좋습니다

과거에 우리를 맡겨 둘게요

누구나 그리운 순간이 있지만

오늘 우리는 그때의 우리가 아니라서

좋았던 날로 돌아갈 수 없음을

받아들여야 합니다.

한 사람을 잘 잊는다는 건

추억에서 많은 걸 들고 오지 않는다는 말이겠죠.

그리움과 미련은 과거 행복했던 내게

잘 맡겨 두고 오겠습니다.

나는 당신이라서 가능한데

당신은 나여도 불가능한 게 많아서

더 외로웠습니다

담담하게 손 놓았던 이유

다른 사람들과 있을 때 내가 보낸 메시지는 몇 시간이나 확인하지 않고 SNS를 하던 것도 애써 이해해 보려 했습니다. 지인들과 함께하는 시간에 메시지를 자주 나누지 않는 사람일 수도 있으니까요. 하지만 나와 단둘이 있을 때는 중요한 일도 아니라면서 일일이 연락을 확인하고 답을 하는 모습에 속으로 당황했습니다.

그대로 선을 긋기에는 그동안 쌓은 마음이 아쉬워서, 그날만 그랬던 걸 수도 있으니까 지켜봤지만 이후에도 반복하는 걸 보며 냉정하게 정리했던 적이 있었습니다. 그만큼 나를 신경 쓰지 않는다는 증거였으니까요. 연락은 하나의 단면일 뿐 다른 부분에서도 그 사람에게 내 존재가 어떤 무게인지 확인할 수 있었습니다.

그동안 내가 애정으로 보냈던 마음이 전혀 의도대로 닿지 않았기에, 그리고 내게 보여줬던 모습을 봐서는 앞으로도 크게 변함없을 거라는 강한 확신이 들어서 더 마음을 주는 건 낭비였습니다. 그 가슴에 사랑이라는 싹을 틔우는 데 내가 도울 수 있는 일이 전혀 없다는 걸 알았습니다.

열 번 찍어서 넘어가는 나무도 있다지만 사람 사이에서는 수백 번 찍었을 때 넘어가기는커녕 그저 아프고 불편하기만 한 경우가 많습니다. 아닌 건 아니라는 것도 받아들여야 합니다. 내가 주는 애정과 표현이 다른 누군가에게는 소중하고 존중으로 대접받을 수 있을 거라는 믿음으로 손을 놓아야 합니다. 이미 어긋난 인연을 받아들이지 못하고 억지로 잡고 있으면 내내 불안할 것이고 힘들었지만 담담하게 인정하고 놓으면 새로 차오르는 편안함이 기다리고 있을 것입니다.

같이 있을 때는 누구나
당장 앞에 있는 사람에게 잘 할 수 있습니다
내가 그 사람에게 얼마나 우선순위에 있는지는
함께 있지 않을 때 드러났습니다

배려 없는 방치 속에서
굳이 나는 부딪쳐가며 당신을 바꾸려 하지 않고
그 미지근함 자체가
나를 대하는 진심이라 받아들였습니다
믿음으로 시작된 관계가
그렇게 결론 지어질 때까지
나는 혼자였으니까요

지금은 당신을 좋아하지 않습니다

내가 기억하는 정도만큼 일상을 짐작만 할뿐 실제로는 확인할 수 없는 사이가 되었지만, 좋아하는 사람이 있느냐고 누군가 물어보면 가장 먼저 떠올렸던 사람. 그 자리에서 당신을 끌어내리는 데는 짧지 않은 시간이 걸렸습니다.

한 사람을 얼마나 좋아하는지는 그 사람 이름이 적힌 물음표가 내게 몇 개나 있는지 셈해 보는 것과 같았어요. 당신이 가까이 있을 때는 물론 나 혼자 남았을 때도 궁금한 게 많았거든요. 어느 순간 남은 물음표가 없다는 걸 알게 되었고 더는 당신을 좋아하지 않는다고 거짓 없이 말할 수 있게 되었습니다.

"예전에는 많이 좋아했었지만, 지금은 좋아하지 않습니다."

이 한 문장을 진심으로 말하기까지 적지 않은 시간이 걸렸습니다.

사랑의 깊이는

함께한 시간으로만 설명할 수 없어요

한 달을 만나도 1년을 그리움에 앓는 사랑이 있는가 하면 3년
을 만났어도 머지않아 깔끔하게 정리되는 사랑도 있습니다.

너무 사랑했지만 우리 외의 일들로 금방 헤어져야 했던 경우
도, 많이 사랑하는지 선명하게 답도 못 하면서 몇 년이고 흘러가
는 연애 기간을 방치했던 경우도 있을 것입니다. 해 주고 싶던 것
들을 채 꺼내지도 못하고 빨리 접어야만 했던 사랑도 있습니다.
오랜 시간 만났어도 잦은 다툼과 실망 때문에 전혀 그립지 않게
된 사람도 있을 거예요. 무르익기도 전에 오해가 생겨서 해명도
못 한 채 물러나야 했던 눅눅한 사랑도, 할 수 있는 노력을 다해
봤기 때문에 미련이 전혀 남지 않은 건조한 사랑도 있습니다.

그래요. 사랑의 깊이는 연애했던 시간의 길이만으로 판단할
수 없어요. 오래 만났다면 그 사랑이 깊고 진한 경우가 많겠지만

때로는 얇고 길게 늘어진 인연의 끈보다 더 뜨거운 점 하나도 있는 법이니까요.

짧은 사랑이었지만 긴 시간 동안 짙게 앓았던 적이 있지 않나요. 반대로 오랫동안 마주하며 지냈던 사람에게 스스로 놀랄 만큼 냉담한 적도 있지 않았을까요. 당신의 사랑은, 그것으로부터 따라오는 그리움의 조각들은 어디쯤에 얼마나 흩어져 있나요.

부지런히 이별하기를

굵직한 인연이 끝나면 원치 않게 자꾸 셈을 한다. 내가 준 것과 남은 것, 나와 상대방이 느낄 고통의 무게와 부피를 가늠하려 애썼지만, 모두 헛된 시도였다. 관계는 이기고 지고의 문제가 될 수 없을뿐더러 이미 끝난 사이에서 자꾸 비교하려 드는 것은 의미가 없다. 설령 승패가 있다 한들 차마 웃을 수 없는 오늘, 그런 것들에서 가치를 찾기 어렵다. 여전히 그 곁을 떠나지 못하고 있음만 증명하는 몸짓이었다. 나 역시 그동안 적성에도 없는 산수를 자주 했다는 걸 부정할 수 없다.

이별하고서 상대방이 큰 감정 기복 없이 지내는 모습을 원망스럽게 생각하는 사람들 역시 산수를 하는 것과 다를 바 없는데 그들에게 짧은 위로를 건네곤 했었다. 모두가 감정을 겉으로 드러내지는 않으며 누군가는 이별을 견디고 오늘을 살아내려고 일부러 더 화려한 척을 하며 바쁨을 자신에게 재촉한다고 말이다. 그

아름다움과 부지런함에 소모하는 에너지가 어쩌면 사랑할 때 그 사람이 당신을 대했던 마음과 다름없었을 것이라는 말도 덧붙였다. 이렇듯 보이는 것만으로 쉽게 단정하는 걸 조심해야 한다. 많은 걸 나누고 이름마저 바꿔 지낼 만큼 하나였던 두 사람이 멀어졌을 때 아무렇지 않기는 어렵다. 먼저 관계를 정리한 사람이라도 마찬가지다.

세상에 존재하는지조차 몰랐던 사이에서 서로 조심스럽게 이름을 묻고 점점 남들이 알지 못하는 구석구석까지 기억하는 사람들. 하지만 이별을 맞으면 안타깝게도 둘만 나눠 갖던 신호나 애칭도 빛을 잃는다. 다시 혼자라는 걸 받아들이고 부지런히 이별하기를, 둘 사이를 불필요하게 엮는 것들을 끊어 내고 자유롭기를. 어떤 의미도 없던 상태에서 산만큼 쌓아 올린 감정들은 다시 곱게 모서리가 갈리고 바위에서 모래로, 모래에서 흙으로, 흙에서 무無로 점점 사라질 것이다.

이별을 회복하는 과정은

사람과 시간을 지우는 일이 아니라

사람과 시간을 인정하는 일

그리고

그 자리에 작은 나무 하나를 심는 일

당신을 가장 당신답게 해 주는 사람과
행복하기를 바랍니다

　바나나는 상온에서 보관해야 하고 양파는 밀봉하지 않고 통풍이 잘되는 서늘한 곳에 두어야 한다고 합니다. 그것도 모르고 과일이나 채소는 무조건 플라스틱 용기에 담아 냉장고에 보관했던 적이 있습니다. 아니나 다를까 며칠 지나지 않아 꺼내 보면 물러 있거나 갈색으로 변해 있었습니다. 시원한 곳에 두어야 당연히 더 오랫동안 신선함이 유지될 것만 같았는데 말입니다. 각자 고유한 성질에 따라 보관 방법이 다르다는 것을 몰랐습니다.

　내 마음과 다르게 빨리 상해 버린 식재료를 바라보며 이제 없는 사람을 떠올렸습니다. 내가 어떻게 대했어야 당신다움과 당신의 행복을 해치지 않을 수 있었을까 하고 말입니다. 당신을 아낀다는 이유로 결국 내가 원하는 방식으로 대했던 모습이 돌이킬 수 없는 시점에서야 더 선명해졌습니다. 오랫동안 함께하며 당신다울 수 있게끔 도와줄 방법이 있었을 것이고 당신이 여러 힌트도 줬을 텐데 그때는 왜 몰랐을까요. 당신을 떠올리면 유독 굳어 있던 얼굴이 가장 많이 떠오릅니다. 우리 마지막 즈음에 많이 힘들어서 당신이 자주 짓던 그 표정 말입니다. 그 얼굴은 냉장 보관을 해서 갈변했던 바나나와 크게 다르지 않았습니다.

당신을 사랑해 주고, 가장 당신다울 수 있게 도와줄 인연과 행복하기를 조심스럽게 바랍니다. 사랑만 있고 사랑의 방법이 너무도 다르다면 다툼이 많아 행복하지 않을 테고, 방법만 비슷하고 당신에게 주는 사랑이 부족하다면 그것은 그것대로 가슴을 채우지 못해서 불행할 것입니다. 그 두 가지를 모두 충족하는 사람과 함께했으면 좋겠습니다.

다시 사랑하게 되거든

나를 만나면서 행복했을까요. 행복한 시간도 좀 있었을까요. 불행한 기억이 더 많다면 닿지 않을 사과를 보냅니다.

새로운 장소를 처음 가고 자주 먹지 않던 것을 접하고, 모르던 노래나 영화를 좋아하게 된 계기가 나 덕분인지 시간이 지나서는 기억나지 않을 수도 있어요. 그러나 나와 보낸 시간으로 이후 당신의 취향을 더 잘 알게 되었고 이전보다 성숙한 사람이 됐다면 나는 그것으로 됐습니다.

좋은 것이든 나쁜 것이든 함께한 시간 동안 얻은 교훈이 있었다면 다음에는 놓치지 않으면서 더 나은 사랑하기를 바랄게요.

내가 자전거 타는 법을 가르쳐 줬던 지난 사랑은

다음 사랑과 나란히 자전거를 탈 것이고

딱 한 번만 먹어 보라고 부탁해서 좋아하게 된 막창도

다음 사랑과 즐기겠지만

아깝거나 기분 나쁘지는 않아요

나 역시 눈에 보이는 것들은 아니더라도

지난 사랑에서 배우고 변한 게 많으니까요

우리가 무엇 때문에 헤어졌든

나와 함께였을 때보다 더 좋은 사랑 하길 바랍니다

홀로 간직하는 그리움

꺼내서는 안 될 그리움이 있습니다. 순수한 의도여도 숨기지 않으면 두 사람이 더 멀어질 걸 잘 알아서, 꺼내더라도 닿기 어려운 사람이라서 가둬야 하는 마음이 있습니다. 길을 잃은 사람을 찾고 싶으면 한 명은 손을 놓친 마지막 자리를 지켜야 한다고 하던데 내가 그 자리를 지켜도 끝내 돌아오지 않은 마음도 있었습니다. 그런 날에는 멀어진 사람에게 천 번의 그리움을 모아 보고 싶다는 말 대신 잘 지내는지 고쳐 물었습니다.

상실이 내는 소리

사라진 애정은 대화로 다시 살리기 어렵습니다. 차가운 태도를 따져 묻거나 다시 예전처럼 돌아오라고 간곡히 부탁해도 마찬가지입니다. 이미 냉담하게 얼어붙은 마음 앞에서 붙잡고 싶은 사람은 아무 힘이 없었습니다.

그 마음을 돌려 보려고 애를 쓴 적도 있었습니다. 마지막이라는 각오로 열변을 토하던 눈에 비친 모습은 그저 빨리 대화를 마치길 바라는 듯한 영혼 없는 얼굴이었습니다. 차가움이 피부로 느껴질 때는 이미 내 진심의 무게와 상관없을 만큼 너무 멀리 가 버린 후였습니다.

사실 알고 있었습니다. 그동안 여러 소리를 내며 서서히 짐을 챙기고 거리를 뒀다는 걸. 내 연락이 온 걸 알면서도 확인하지 않는 소리, 나를 향한 입술이 입꼬리를 내리는 소리, 일상 곳곳에서 내 이름을 떠올리지 않는 소리, 하루를 채우던 대화를 줄이는 소리, 이제는 나를 궁금해하지 않는 소리와 같은 것들은 우리 사이를 가득 채웠던 음표를 지워갔습니다. 그렇게 '우리'는 앞으로 부를 수 없는 노래가 되어 버렸습니다.

관계에서 빠져나가려는 사람은 자신이 어떤 소리를 내는지 알지 못하거나 이제 안 볼 사이라고 생각해서 신경 쓰지도 않지만, 누군가에게 집중하고 간절히 대하는 사람은 작은 소리 하나도 놓치지 않고 일일이 반응합니다. 하지만 잡을 수 없다는 걸 알기에 말을 줄이고 감정 소모도 억누르며 조용히 정리하는 걸 택할 뿐입니다. 이 마음은 어디에도 기록되지 않을 배려입니다.

가까웠던 사람이 내게서 멀어질 때 내는 소리가 있다

내 연락이 온 걸 알면서도 확인하지 않는 소리

나를 향한 웃음이 입꼬리를 내리는 소리

일상 곳곳에서 내 이름을 떠올리지 않는 소리

하루를 채우던 대화를 줄이는 소리

이제는 나를 궁금해하지 않는 소리

부재의 존재감

　어느 백화점에서 바쁘게 걷다가 우연히 본 뒷모습에 멈춘 적이 있다. 익숙한 키에 더 익숙한 머리 스타일, 다른 사람이라고 말하기 어렵게 딱 떨어지는 신체 비율, 거기다가 비슷한 옷차림까지 그냥 지나치기에는 너무도 한 사람과 닮아서 얼굴을 확인할 수 있게 그녀가 고개를 돌리길 기다렸다. 내가 생각한 그녀라면 난 어떻게 해야 할까, 정작 아무것도 하지 못할 거면서 확인이라도 해 보려는 심산이었다.

　옷을 구경하던 그녀가 고개를 돌린다. 순간, 슬로우 모션이라도 걸린 듯 찰나가 쪼개져서 천천히 흘렀고 나는 어디 숨지도 못하고 몸을 돌리면 바로 보일 만한 곳에서 멍하니 바라보고 있다. 점점 안면이 보인다. 귀가 보이고 광대뼈도 드러난다. 하지만 콧등의 선이 드러났을 때 그녀가 아니란 걸 확인할 수 있었다. 내심 그녀이길 바랐지만, 현실을 생각하면 그녀가 아니어야 했다.

이제 우리는 남이니까. 아니란 걸 알게 되고 나서도 마음이 곧장 나아지는 건 아니었다. 함께였을 때 바라보던 뒷모습이 자꾸 눈에 뜨겁게 겹쳐서였다.

내 안에서 한 사람이 빠져나가면 나는 그를 안았던 마음만큼 비어 버린다. 사람이 가슴에 차지하는 공간은 외부 존재가 능동적으로 확보하는 게 아니라 내가 가진 애정만큼 내주는 거라서 많이 좋아하는 사람과 멀어지면 마음이 크게 허하고 그 빈자리를 체감할 수 있었다.

애정이 많이 남은 상황에서 맞은 이별은 다양한 방식으로 일상에 영향력을 행사한다. 함께할 때는 자연스럽게 그 사람을 떠올리며 이물감 없이 지나칠 수 있었던 것들이 이별하고 나면 일일이 다 고개를 들어 불편이 된다. 이별 하나로 한 사람이 좋아하고 싫어했던 모든 것이 몰려와서 자신들도 내 안에서 나가야 한다고 빨리 일 처리를 해 달라며 아우성을 친다. 하지만 그렇게 한꺼번에 추억을 정리할 능력이 내게는 없고 당장 놓아 줄 마음도 없어서 많은 시간이 필요하다.

겉으로는 이별이 버겁다는 티를 내지 않는다. 이별의 처방은 어떤 사랑을 했는지와 각자 성향에 따라 다른데 내 성격상 여기

저기 떠벌리거나 하소연하는 걸로 이별이 더 빨리 낫지 않음을 알고 있다. 주변에 이별의 감정을 전염시키지 않는 대신 아프더라도 앞길에 펼쳐진 추억의 조각들을 성실히 밟고, 다시 볼 수 없는 초롱초롱한 눈동자가 그리워서 눈시울을 붉히기도 한다. 닮은 뒷모습을 보며 발걸음을 잠시 멈췄던 것처럼 나도 모르게 정지된 시간이 많았다.

이제 없는 사람을 떠올리며 멈추는 일이 잦다면 여전히 애정이 남았고 그 사람에게 담겼던 감정을 다 빼지 않았다는 의미일 것이다. 그리고 직접 원망을 전할 수도 없게 된 사람이 오늘 내 감정을 좌우한다는 건 그 존재감이 여전히 진행 중이라는 단서가 된다.

강 하류에 있는 돌멩이나 모래를 관심 있게 본 적이 있는가, 대부분 상류에서부터 물길을 따라 내려왔는데 이들은 오랜 시간 물이나 다른 돌 사이의 마찰로 모서리가 매끄럽게 깎여서 밟는 것만으로는 누구도 다치게 하지 않는다.

지금 이 시간에도 어떤 이는 이별의 상류에서 거친 면을 드러내며 자신은 물론 가까운 사람까지 다치게 하겠지만, 그 감정도 반드시 하류가 있어서 드넓은 바다와 만나고 언젠가는 상처 주지 않는 담담함이 될 것이다. 그렇게 부재의 존재감은 대체할 수 있는 다른 존재의 출연이나 부재 자체의 의미를 잃었을 때 사그라진다.

내내 심란했지만, 볼일을 마치고 백화점 건물을 빠져나올 때쯤에는 휘청거리는 심장을 바로 잡을 수 있었고 뒷모습을 바라보던 일은 이후 일과에 어떤 영향도 미치지 않았다. 한 번 넘어졌을 때 다리를 부여잡으며 일어나기 힘든 시기는 지났다는 뜻이다. 언젠가는 닮은 뒷모습을 보아도 그녀인지 아닌지 상관이 없어서 그대로 지나치는 날도 있을 것이다.

자꾸 흔적을 쫓고 미워하며 아파한다면
이별은 아직 갈 길이 멀었습니다.
그 사람이 어떻게 살든 나와 상관없다 생각하고
궁금하지 않을 때가 온다면
그날에는 길고 길었던 이야기의
마침표를 찍어도 좋을 것입니다.

믿는 도끼에 마음을 찍힌다

"내가 너를 잘 알잖아."라고 말하던 사람이 결국 나를 아프게 만들었습니다. 나를 잘 안다고 했던 자만이 '말뿐인 이해'였다는 게 첫 번째 아픔이었고, 좋은 말들로 나의 경계를 풀어내고 치명상을 입힌 게 두 번째 아픔이었습니다. 그 때문에 앞으로 마주하게 될, 죄 없는 사람들을 쉽게 믿지 못하게 된 내 모습이 세 번째 아픔입니다.

한 사람을 부지런히 기억한다는 건

　막 연애를 시작한 친구가 말하는 애인의 장점은 '기억'이었다. 과거 사랑에 자주 끌려다녔던 친구는 누군가 자신을 군데군데 기억하고 능동적으로 궁금해하는 것만으로도 따뜻하게 대접받는 기분이었다고 한다. 지금은 친구의 애인이 되었지만, 처음부터 친구에게 적극 애정을 표현한 건 아니었다. 서로 알고 지낸 지 꽤 되었음에도 그동안 친구를 관심 있게 바라보고 기억하고 있다는 걸 티 내지 않았다. 모르는 사람이 보기에는 도도하고 차가운 성격에 가깝지만, 알고 보니 과거 연애에서 상처도 있었고 마음이 연약해서 친구에 대해 여러모로 기억하고 있다는 걸 드러내지 않고 방어적인 자세를 취했던 것이었다.

　무엇이든 넘칠 듯 차면 작은 움직임에도 내용물을 흘리는 것처럼 커질 대로 커진 마음을 오래 감추기는 어려웠나 보다. 함께한 여러 순간을 가슴에 모아 두었다는 걸 우연히 친구에게 들켜 버렸고 그 후 둘은 경계를 두지 않고 여기서 저기로, 저기서 여기로 빠르게 스며들었다. 부지런히 '기억'을 하던 게 서먹함과 친근함 사이 벽을 무너트린 셈이었다. 처음 들켰을 때는 몰래 속을 채우던 항아리를 엎지른 듯 당황했겠지만, 이제는 걱정과 두려움이 아닌 달콤한 것들로 그 속을 채우고 있을 것이다.

내게도 있었다. 둘 사이에 산 하나를 둘 만큼 데면데면할 때부터 내가 하는 말에 귀 기울이던 사람, 그래서 결국에는 그 산을 우리 풍경에서 지워 버린 사람. 내가 하는 말이라면 당신을 향한 것인지와 상관없이 자기 일처럼 중요하게 여겼고, 평소 자신의 흥미와는 친하지 않았던 부류일지라도 내가 좋아하는 것이라는 이유만으로 열심히 검색하며 애써 안아 보려는 모습이 무척 사랑스러웠다. 유한한 우리가 한 사람을 부지런하게 기억하고 수집한다는 건 그만큼의 자신을 비워 둬야 한다는 걸 알기에 그 모습은 '행복한 헌신'이었다.

사랑의 영역에서 기억을 잘하는 게 매력적이라고 하는 건 단순히 암기 능력을 말하는 것이 아닐 것이다. 물론 부스러기 같은 말까지 소홀히 하지 않는 자체도 무척 감사한 일이지만 머리에만 머무는 기억은 반짝이지 않는다. 그 진가는 수집한 기억들이 실제 행동으로 펼쳐질 때 빛을 발하며 마음을 움직이게 한다.

커피를 마시지 못하는 사람과 카페에 갔을 때 카페인이 들어간 음료는 애초에 배제하고서 다른 메뉴를 추천하거나 정적인 여행을 좋아한다는 말을 기억했다가 최소한의 동선으로 일정을 짜고, 상대가 이성 문제에 예민하다면 미리 신경 쓰고 조심하며 상처 주지 않을 수 있다. 그리고 사진 찍히는 걸 좋아하는지, 좋아한다면 어느 쪽 얼굴이 나오는 걸 선호하는지, 손을 맞잡을 때도 손가락 네 개를 따뜻하게 포옹하듯이 잡는 쪽인지 손가락마다 서운하지 않게 깍지를 끼는 걸 반기는지 놓치지 않고 사소한 행동도 기억하는 건 상대방에게 잔잔한 감동을 줄 수 있다. 아마 친구는 이런 점들을 보면서 애인의 매력을 '기억'으로 꼽은 게 아니었을까.

반대로 가까웠던 사이가 희미해지는 과정도 기억과 무관하지 않았다. 많이 사랑하는 감정은 절대 숨길 수가 없듯이 사랑이 식은 것도 마찬가지였다. 나와 관련한 부분이라면 모든 걸 다 알고 싶어 했던 모습은 온데간데없고, 집중하던 눈빛이 흐려지면서 두세 번 말해 줬던 얘기도 재차 묻는다면 분명 그 마음은 이전과 달리 나를 향하고 있는 게 아닐 것이다. 여전히 사랑한다고 잠시

나마 말로 부정할 수는 있지만, 한 사람으로 가득 찬 공간을 비우거나 다른 것들로 채우는 기적은 숨길 수 없다. 식사는 잘 챙겼는지 늘 물을 만큼 자상한 사람이 어제 내가 먹은 식단 하나도 알지 못하는 날이 이어졌을 때 이별을 직감했고 정확한 촉이었는지 머지않아 정리할 이름이 늘었다.

그렇듯 누군가 나를 자꾸 깊게 기억하거나 기억에서 밀어내는 건 미리 신호를 보내고 있었다. 한 사람이 밀물과 썰물처럼 밀려오거나 떠나가려 한다고, 너는 그 흐름에 기어이 자신을 맡길 준비가 되어 있는지 묻는 일이었다.

예전 연애와 얽힌 기억이

여전히 자신을 많이 차지하고 있다면

그래서 과거의 사람이 아니라 늘 오늘 같다면

아직 사랑할 준비가 되어 있지 않다는 의미였다

다시 한 사람을 열정으로 기억하고 채울 수 있는 날엔

시들었던 꽃밭도 만발할 준비를 마쳤을 것이다

미련을 정리하세요

정리하지 못해서 늘어나는 짐의 부피는 사실 내 미련의 부피다. 음식으로 따지자면 이미 한참이나 유통기한이 지났을 법한 물건을 여러 변명으로 손 놓지 못하는 마음. 보관 공간에 제한이 없다면 걱정도 없지만, 냉정하게 정리 못 하는 현실은 자꾸 나를 조이고 그 피해는 고스란히 내가 받는다.

여름과 겨울에 대대적으로 옷장 정리를 하는데 좀 더 보관할지, 밖으로 내칠지 처리하기 어려운 옷들을 보고 있노라면 그런 감정이 꼭 물건에만 국한된 문제가 아니라는 생각이 든다. 불편한 사람에게 싫은 소리도 잘 못하면서 '그래도 오래된 관계니까 잘라 내기는 좀 그렇지.', '내가 참으면 알아주지 않을까?', '잠깐 저러다 말겠지.'와 같은 마음으로 달래는데 많은 이가 그렇듯 상대는 바뀌지 않고 나만 계속 힘듦을 감수하는 패턴이 반복된다.

점점 그 사람이 포함된 모임에 나가는 게 불편하고 단톡방에서 함께 있는 것도 싫지만 어떤 말이나 행동으로 옮기지 못하고 꾸역꾸역 상황만 넘길 뿐이다. 슬기로운 대처가 필요하다.

연애도 마찬가지다. 적절하게 정리해야 하는 시기가 있는데 그때를 놓치고 붙들면 이후로는 불행이 행복을 압도한다. 애정이 많은 사람은 다 꺼져가는 관계에서 지푸라기 잡는 심정으로 희망의 불씨를 살려 보려 하지만, 한번 등을 돌린 사람은 너무 차갑기만 하다. 그것도 슬픈데 상대방이 자신을 좋아하는 마음을 이용하거나 우유부단하게 자꾸 여지를 주면서 정을 흘린다면 미련을 버리기가 더 어렵다. 나를 향한 애정이 없었으면 내게 그렇게 행동하지 않았을 거라는 합리화를 가동하면서 여러 밤을 지새울 것이다.

그런 미련은 내가 있는 좁은 공간에 생명이 다해가는 나무 하나가 심어진 상황을 연상케 한다. 되살릴 수도 없지만 의식하지 않고서는 지낼 수 없는 불편한 존재감. 그런 존재가 계속 나를 잠식하는 걸 바라만 보고 있어야 할까?

눈 딱 감고 냉정해야 한다. 마음이 이끄는 대로 행동하는 게 최우선이지만 언제까지나 그럴 수는 없다. 마음 가는 방향대로 걷는 건 후회를 줄이는 한 가지 방안일 뿐 당연한 행복을 담보하지 않는다.

무엇이 내 마음을 많이 차지하는지, 그것이 긍정적인 방향으로 살아나서 내 미래에 밝은 의미가 될 수 있을지, 미련으로 버리지 못하는 짐이 아니라 자주 찾는 사람이나 감정일 수 있을지 결단이 필요하다. 자꾸 버리지 못하면 마음에 수납공간이 부족해서 책상과 식탁 위에, 방바닥에 구분 없이 계속 쌓게 된다. 마음이 그렇게 변하는 상상을 해 보기를 바란다.

오래 쓰지 않던 물건을 내칠 때는 혹시나 하는 고민을 하지만, 정작 버리고 나면 그 후로는 생각도 나지 않는다는 걸 냉정하게 정리해 본 사람은 잘 안다. 정리 후에 한층 넓어진 방과 수납공간에서 얻는 쾌적함, 여유로움은 삶의 질을 높인다. 마음 정리 역시 다르지 않고 어쩌면 더 큰 효과를 줄 수 있다.

요즘 어머니는 연예인 집을 방문해서 불필요한 살림을 쫙 줄이는 콘셉트의 예능에 크게 감명을 받았는지 집에서 오래 내버려둔 물건들을 버리기 시작하셨다. 버리는 데 맛이 들어서 버리지 않아도 될 물건까지 정리해야 하나 고민하는 걸 말리는 중이다. 이제라도 비움의 행복을 몸소 체험하고 계신 것이다.

내게는 이제껏 여러 단톡방이 있었는데 대부분 편치 않은 마음으로 유지했다. 그 안에 불편한 사람이 한 명은 있었고 의도치 않게 결속된 느낌도 없지 않아서 답답했던 것이다. 그래서 스마트폰을 바꾸면서 큰맘 먹고 하나를 제외하고서는 모든 단톡방을 나가 버렸다. 친한 사람과는 꼭 단체 채팅방으로 묶여 있지 않아도 되기 때문에 개인적으로 연락을 나누면 될 일이었다. 나가기 전에는 생각도 많았지만, 걱정했던 일들은 일어나지 않았고 너무 편해졌다. 그해 가장 잘한 일에 꼽히는 기억이다.

다음에는 불필요하게 책장을 채우고 있는 책들과 존재조차 잊었던 옷들을 정리할 계획이다. 다 비우고 나면 수납장 두 개를 방에서 치울 수 있고 더 넓어질 방을 상상하는 것만으로도 벌써 기분이 밝아진다. 넘칠 듯이 나를 가득 채우거나 우유부단하게 이것저것 쌓아 가며 내버려뒀던 과거로 돌아가지 않을 것이다.

사람에게 낭비한 마음을 아끼는 방법

미워하는 사람을 점점 줄이고
쉽게 원망하지 말 것

이제 곁에 없는 사람의 오늘에
관심 갖거나 자꾸 찾아보지 않을 것

애매한 관계를 방치하지 않을 것

이별 모습

이별은

매일 아침 잘 잤는지 묻던 사람이 사라지는 일입니다.

바빠도 끼니는 챙겨 먹으라고 당부하던 이름의 부재이자

세상에 시릴 때면 가장 따뜻한 담요로

일상을 덮어 주던 사람과의

영원한 단절이기도 합니다.

다 그대로 있고 한 사람만 없을 뿐인데

나머지 세상이 모두 의미 없게 느껴집니다.

그게 내 우주에서 당신이 차지하는 크기였습니다.

동행 同行

　일 년에 두세 번은 기차로 경상도와 전라도를 여행 삼아 다녀
오는데 주로 서울에서 출발하여 부산이나 종점 가까이 가다 보니
옆자리 좌석이 비어 있기도 하고 승객이 바뀔 때가 많았다.

　옆자리에 앉은 사람은 가지각색이다. 내 좌석을 침범하지 않
으면서 내내 조용히 머물다 내리는 사람이 있는 반면 큰 소리로
노래를 듣거나 시끄럽게 통화하고, 어디서 그렇게 드셨는지 고주
망태인 채로 술 냄새를 풍기며 다리를 벌리고 주무시는 어르신도
있었다. 홀로 탑승할 때 옆자리 사람까지는 선택할 수 없는 거라
버스나 비행기, 기차를 타면 괜히 긴장한다. 진상과 엮인 경험이
만들어 낸 걱정이다.

　어떤 사랑을 떠나보내면서 나 역시 그녀 삶에 끼어든 동승객
이 아니었을까 싶었다. 그녀는 먼 길을 가던 중이었고 그 경로가
잠시 나와 겹쳤을 뿐인데 나는 우리 목적지가 같다고 착각했었

다. 그런데 어느 순간 그녀는 먼저 몸을 일으켜서 내가 껴안을 수 없는 영역으로 나가 버렸고 여전히 나는 그녀가 어디로 향하는지 모른다. 단지 나와 다른 길을 간다는 것만 알고 있을 뿐이다.

그 이별 전까지만 해도 나는 이전 여러 연애에서 피해자라고만 생각했다. 내가 느끼는 아픔은 나만 겪는 일방적인 고통인 것만 같았다. 내 마음이 순수했음에도 좋지 않게 마무리되었을 때는 상대방이 내게 품었던 마음을 가볍게 단정하고 원망했다. 세상과 사람을 꽤 잘 아는 척했지만, 확실한 증거도 없이 내가 믿고 싶은 대로 믿고, 좁은 시야에서 벗어나지 못했다.

나는 그 사람에게

오랜 시간 동행하고 싶은

사람이었을까

하지만 어떤 사람이 남긴 이별은 조금 달랐다. 통증은 어느 절절한 연애와 크게 다름없었지만, 조금도 미워할 수 없었다. 그녀는 '선하다'는 단어가 지극히 어울리는 사람이었다. 또래여도 속이 깊고 초연해서 그 곁에 있으면 깊은 계곡에서나 볼 법한 짙은 에메랄드 물빛을 느끼곤 했다. 같은 나이대에서는 어른스럽다는 얘기도 곧잘 듣던 나였지만, 그녀에게는 사춘기 소년에 불과했다. 사랑을 좀 더 따뜻한 온도로 어른스럽게 드러내도 됐을 텐데 나는 내내 아이 같았다. 그녀에게는 그런 모습이 처음에는 귀엽고 사랑스러웠을 수도 있겠으나 머지않아 피로했을 것이다. 내게 기대고 싶은 날도 있었겠지만, 돌아보건대 나는 든든한 나무였던 날이 없었다.

그녀는 그런 내가 품기에 너무 큰 사람이었다. 그래서 떠나겠다는 말에 어떤 대꾸도 할 수 없었나 보다. 살아온 과정에 꼼수가 전혀 없는 사람, 말도 행동도 느릿하고 결코 서두르는 법이 없었지만, 결국 이루고 싶은 것들을 이뤄냈던 그녀는 더 빠른 기차를 타고 나를 앞질러 가는 듯했다. 속도와 방향이 다른 우리는 남은 생에 마주칠 일이 없을 것이다.

아주 가까운 사람과는 삶을 나란히 걷는 느낌을 받는데 이제는 내가 누군가에게 인생을 함께 걷기 좋은 사람인지도 생각해 보게 된다. 한 사람과 나란히, 오래 걷기 위해서는 마냥 내 보폭만 고집할 수는 없고 상대방을 위해서 오래 멈추거나 때로는 허겁지겁 뛰기도 해야 할 것이다.

나는 종종 나란히 놓인 두 개의 좌석 한쪽에 앉는 꿈을 꾼다. 과거를 거울삼아 옆에 앉을 사람에게 좋은 동행이 되어 긴 여행 끝에 같은 지점에서 내릴 것이다.

자기 자신이 바로 서 있어야

사랑이 든든하게 기댈 수 있습니다.

애정이 많아도 나약한 사람에게는

기댈 겨를이 없어

함께하는 미래가 자주 흔들릴 것입니다.

제게 간만에 연락한 이유는 아마도 늦은 시간 당신에게 찾아온, 반짝하고 사라질 충동적인 감정 때문이란 걸 알고 있습니다. 그래서 저는 흔들리지 않았고 앞으로도 그럴 것입니다.

갑자기 외로움이 찾아왔을 때 그것을 채워 줄 만한 따뜻함을 찾아보다가 과거에 당신을 진심으로 따뜻하게 대해 줬던 내 모습까지 이르렀을까요.

내게 전했던 그간의 보고 싶음이나 그리움도 허울 좋은 표지일 뿐이겠죠. 그것에 속아 제가 다시 소중한 마음을 내주고 나면 당신 외로움을 태울 연료로만 쓰일 것이고 다 연소하고 나면 저는 곧 잊힐 것입니다.

저는 그립지 않아요. 보고 싶지도 않아요. 그래서 긴말을 하지 않았습니다. 말이 길어지는 사이는 그만큼의 미련이 있는 것으로 생각하거든요. 담담해지기까지 설명하기 어려운 날들이 있었습니다.

가까이 지낼 때 노력을 다했다면 그 자리에는 어떤 감정도 남아 있지 않잖아요. 관계가 끝나고 나서 한참 후에서야 종종 늦은 밤에 연락하는 사람은 늘 연애 당시에 최선을 다하지 않은 쪽이었습니다.

우리는 미래를 향해 각자 평행선을 걸었으면 좋겠어요. 앞으로 서로의 안부나 어떤 말조차 닿지 않을 냉담한 평행선을 계속해서 걸었으면 합니다.

너는 기회를 잡은 거고
그 사람은 기회를 잃은 거야

숨기느라 많이 힘들었지? 태연한 척 아무 일도 없는 듯 지냈잖아. 누가 물어도 쿨한 척 담담하려 애쓰면서 말이야. 근데 너를 유심히 지켜보는 사람이라면 괜찮지 않다는 걸 다 알아. 네가 많이 사랑했다는 걸 기억하는 사람들은 더욱 잘 알겠지. 어떤 이별은 단정하게 마무리되어도 가슴속을 심하게 망가지게 해. 총을 쐈을 때 겉으로 보기에는 표면에 작은 구멍 하나밖에 보이지 않지만, 내부를 뚫고 들어간 총알이 회전하면서 넓은 범위를 파괴하는 것처럼 이별이라는 두 글자가 네 안에 들어갔을 때 심하게 다치면 어쩌나 걱정되더라.

네가 헤어졌다는 말을 듣고서는 나도 한동안 멍하니 있었거든. 그만큼 오래 잘 만나길 바랐나 봐. 그러다 이전에 네가 해 줬던 얘기들이 생각났어. 통화보다 메시지로 대화하는 걸 선호하는데 그 사람과는 늦은 새벽까지 끊이지 않게 자주 전화를 나눴고,

남들에게는 어떻게 보이는지와 상관없이 네게는 더 바랄 게 없이 사랑스럽다고 쑥스러운 표정으로 말했던 날들. 덕분에 한 번도 해 보지 않았던 일들도 도전했고 어렵게 애정을 꺼냈는데 참 많이 사랑할 수 있어서 행복하다는 얘기도 했었네. 어쩌면 그런 기억이 오늘 너를 더 아프게 할지도 모르겠다.

나는 사랑을 한껏 표현할 때 상대방이 나를 알아봐 주길 바랐어. 당신에게 이런 사랑을 줄 수 있는 사람은 나밖에 없다고. 당신은 아마 모르겠지만 지금뿐만 아니라 앞으로도 주고 싶은 것들, 함께 떠나고 싶은 장소, 하고 싶은 걸 잔뜩 쌓아 놨다는 외침을 자신 있게 행동으로 옮기려 했어. 아무거나 해도 좋지만, 가만히 있어도 곁에 있는 것만으로 좋을 사람이 당신이라는 걸 알아주길 바랐지.

내게는 간절한 그런 구호들이 상대한테 매력적으로 눈에 띄지 않으면 슬프게도 삶에서 스쳐 가는 사이가 되더라. 나는 그 사람에게 휴게소나 여행 중간 지점이 아니라 목적지가 되고 싶었는데 안타까운 일이었어. 아무래도 내가 남겨진 거니까 더 못난 사람처럼 느껴졌었는데 바닥을 치던 내면에 따뜻한 것들이 점점 차오르더라. 조금 더 지나고 나서는 잘 헤어졌다는 생각마저 들었어.

그 사람을 더 없이 사랑했던 건 부정할 수 없는 사실이지만, 그런 내 마음을 소중히 대하지 않는 이와 함께한다면 언젠가는 분명 슬프고 외로워졌을 거야. 좋은 사랑은 상대에게 드리운 그늘을 지나치지 않고 늘 귀를 기울이는데, 마음이 떠난 사람은 알면서도 모른 척하기도 하고 내게 궁금한 것들이 줄어가잖아. 무엇이 더 중요한지 알게 된 이후로 가장 오래 기억 남는 건 나를 아낌없이 사랑한 사람이었어. 한없이 부족한 나를 더 없이 사랑해 줬던 그런 사람. 삶에서 몇 번 없는 기회인데 당시에는 몰랐던 거지. 당장은 최근에 헤어진 사람이 자주 떠오르겠지만, 그가 나를 많이 아끼지 않았었다면 미래에 좋은 이가 나타났을 때 곧장 기억 어딘가로 묻히더라고.

지금 네게 다음 사랑을 얘기하는 건 아직 이를 수도 있지만 적어도 너는 그 이별로 기회를 잡았다고 말해 주고 싶어. 비슷한 감정을 나누기 어려운 사람과의 연애는 큰 후회로 남기도 하는데 거기서 벗어난 것이기도 하고, 시간이 지나 네 순수한 사랑과 너 그대로의 희소성을 알아봐 주는 사람을 다시 찾을 기회라고. 반면에 그 사람은 한 번의 기회를 잃은 거지. 그저 네 기분 좋으라고 없는 얘기를 하는 게 아니라 많은 이들이 중요한 시기에 소중한 걸 알아보지 못하고 기회를 놓쳐서 크게 후회하며 살고 있어.

지금은 우선 아픈 마음 잘 챙기고 네가 얻은 기회가 앞으로 잘 쓰일 수 있기를 바랄게.

사랑이 아니어도 꼭 당신이어야 하는 일이 세상에 참 많아요

살면서 처음 죽음을 생각해 본 건 사랑이 끝났을 때였습니다. 그전까지 큰 고통을 느껴 보지 못할 만큼 구김 없이 살아온 것도 있었지만, 당시 이별이 남긴 고통은 이러다 정말 죽는 게 아닐까 싶을 정도로 숨통을 조여 왔습니다. 내게서 한 사람이 없어졌을 뿐인데 삶 전체가 무의미하게 느껴졌습니다. 많이 다투며 상대방이 던진 나를 깎아내리던 말들도 한몫을 했습니다. 사랑하던 사람이 내게 주던 애정은 사라지고 비난의 말만 가슴에 남다 보니 내가 쓸모없는 존재 같았습니다.

세상은 온통 흑백이었습니다. 하루하루는 평소보다 느리게 흘러갔죠. 시간이 모든 걸 해결해 준다는 위로는 더 잔인하게 들렸습니다. 모든 사물과 풍경은 모두 한 사람과 연결되고 이내 참혹하게 가라앉았습니다. 노래나 영화, 책도 눈과 귀에 들어오지 않습니다. 어느 정도 적당히 아파야 이별의 처방전이라는 것들도 챙길 수 있다는 걸 깨달았죠. 심각하게 아프면 무엇도 내 안에 허락되지 않으니까요. 많이 사랑하면 그 사람 이름 세 글자가 전부이곤 했습니다. 나를 사랑 안에 갈아 넣고 기꺼이 섞이게끔 내어 줬으니까요. 한 사람을 최우선 순위에 두고 일상에서 마주하는 것들과 매 선택에서도 그 사람은 늘 함께였습니다. 그래서 사랑을 앗아가니 멍한 살덩어리만 남은 느낌이었습니다.

마음이 점차 나아질 수 있었던 건 내가 생각하던 사랑이 나를 이루는 전부가 아니라 많은 방 중 하나였다는 사실을 알게 된 후였습니다. 나는 사랑이 더없이 좋지만 나를 위해 주는 가족과 친구들도 있습니다. 차근차근 더 나은 삶을 위한 준비도 해야 하죠. 누구와도 대화하지 않고 며칠을 여행 다닐 수도 있고, 많은 사람과 둥글게 지낼 수도 있습니다. 새로운 것들을 맞이할 잠재력도 갖고 있습니다. 당장 눈높이에서만 보면 이별의 참혹함만이 내 세상인 것만 같지만 조금 더 위에서 내려다보면 방 하나에 불과했습니다. 그런데 거기서 나온 부정적인 기운이 다른 방들도 얼룩지게 하고 있었습니다. 한 사람이 내 전부를 망가지게 두면 안 되겠다고 다짐했습니다.

떠난 사람은 알아서 잘 살 것입니다. 냉정하게 말하면 나와 함께 있는 것보다 더 잘 살고 싶어서, 더 행복할 수 있어서 안녕을 고했을 테니까요. 그러니 남은 사람도 잘 살아야 합니다. 지금 없는 사람이 내 전부를 계속 흔들도록 두는 건 억울하잖아요. 혹시 같은 고통을 겪고 있다면 적당히 아파했으면 좋겠습니다. 그리고 머물던 방 안에 이별을 두고 나오세요. 사랑이 아니어도 꼭 당신이어야 하는 일이 세상에 참 많아요.

사랑이라서
당신이어야 하는 일

사랑이 아니라도
꼭 당신이어야 하는 일

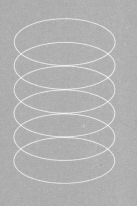

part 3

관계라는
날씨

마음이 연결된 사이에서는

말 한마디에도 보름달이 뜨거나

소나기가 내리곤 했습니다.

사람을 좋아하는 나라서

그런 날이 많았습니다.

잘 때려 만든
밀가루 반죽 같은 사이

잘 맞는 사람을 만나면 설명하기 어려운 특유의 느낌이 있습니다. 잘 때려 만든 밀가루 반죽처럼 대화가 찰지고 모나지 않은 질문과 대답이 긴 시간을 찰나로 단축하며 뭐가 그리도 재미있는지 웃음이 넘칩니다.

어렵게 세워 둔 마음의 장벽을 나 스스로 허물고서 벽 너머에 있는 상대방 손을 잡고 내 안으로 안내합니다. 모든 걸 공유할 수는 없지만, 앞으로 많은 걸 함께하고 싶죠. 그동안 해 보지 않았던 것들도 그 사람이 좋다면 한 번쯤 해 볼까, 용기도 생기고 관심 없는 주제도 내 일처럼 귀담아듣게 됩니다.

밀도 있게 시간을 보내도 더 오래 하지 못함에 아쉽고 여유 있게 시간을 보내도 행복으로 가득 채워 주는 사람, '이 사람이다.' 싶을 때는 이미 나와 분리할 수 없이 너무 큰 존재가 되어 버린 사람.

마음의 전압이 맞는 사람끼리는 서로 알아보고 빠르게 가까워집니다. 밤을 새워 대화할 수 있고 아무 말 없이도 오랫동안 창밖을 바라볼 수 있습니다.

내 허물을 대수롭지 않게 여기는 사람에게는 조금 가볍게 마음을 걸치고 대할 수 있었습니다. 먼저 연락을 잘하는 편은 아니지만, 이유 없이도 연락에 손을 뻗게 되는 사람이 있습니다.

마음이 맞닿으면 좋아서요.

문자보다는 전화,

전화보다는 얼굴을 보자고요.

사실은 보고 싶어서요.

언제 시간이 됩니까,

함께 시간을 보내자고요.

추억의 액자

사람은 기쁘고 슬픈 감정일 때마다
곁에 있던 사람을 특별하게 새긴다고 합니다.
무언가를 하지 않고 자리를 지키고 있는 것만으로도
그날 '추억의 액자'에 소중한 사람으로 담기는 것이죠.
어떤 말로 위로를 해야 할지 고민하지 않아도 좋습니다.
축하 선물을 줘야 한다는 부담도 갖지 않았으면 합니다.
바라는 게 있다면 오래 내 곁에 함께 해 주세요.

보석 같은 사람

　내 이야기를 잘 들어 주는 사람이 있다면 감사하면서 그와의 관계를 반드시 지켜야 합니다. 살다 보면 누군가에게 어려운 얘기를 꺼내는 것도, 그 이야기를 불편하지 않게 들어 주는 사람을 찾기도 정말 어렵습니다. 속마음을 꺼낼 만큼 믿을 수 있다면 상대는 이미 따뜻한 존재겠죠. 누구나 자신만의 확고한 생각이 있는데 그것과 다를 때도 얘기를 가로막거나 무시하지 않으면서 차분히 들어 주는 사람 속에는 나를 존중하고 이해하려는 마음이 있습니다. 아마도 보석 같은 사람.

내 편인 사람을 알아보는 방법

내 편인 사람은 내 모자란 부분을 나무라지 않습니다.

내 편인 사람은 자기가 만든 틀에 나를 끼워 넣지 않습니다.

내 편인 사람은 내가 잘하는 걸 치켜세워 줍니다.

내 편인 사람은 나를 궁금해하고 내 말을 경청합니다.

내 편인 사람은 자신과 나의 다름을 인정할 줄 압니다.

내 편인 사람은 내가 볼품없어도 늘 똑같이 나를 대합니다.

내 편인 사람은 누가 나를 험담할 때 그대로 믿지 않습니다.

내 편인 사람은 내가 가고자 하는 길을 응원해 줍니다.

내 편인 사람은 나를 경쟁 상대로 생각하지 않습니다.

내 편인 사람은 말보다 행동으로 나와 함께합니다.

곰과 강아지 같은 사람

여우나 고양이 같은 사람보다
곰과 강아지 같은 사람이 좋습니다.

나를 대하는 태도가
따뜻하고 한결같아서
진심이 헷갈리지 않고,
언제 바라보아도
그 자리를 지키고 있어서
저절로 믿음이 가는 사람.

과거에 무엇을 두고 왔나요

여태 삶을 걸어오면서 소중한 것들을 시간 속에 두고 오기도 했다. 많이 사랑했던 사람, 평생 가까이 지내고 싶던 친구와 선후배들, 버리지 말았어야 할 물건들과 같이 그 종류도 다양하다. 더 몰두하고 자신을 바쳤어야 하는 시기에 내게 주어진 기회의 무게를 간과하며 방황하고 나태하기도 했다. 세상을 떠난 가족과 지인에게 생전 더 살갑게 대하지 못한 후회로부터도 자유롭지 못하다.

그런 과오에 얼마나 스스로 분노했는지, 뼈를 깎는 심정으로 다짐을 했는지 돌아본다. 고통은 컸지만, 순간이었고 곧 아무 일도 없는 듯 잘 지냈었다. 속으로는 환경과 남 탓도 했고 그럴싸한 핑계를 몇 개 만들고서 외부에서 나를 공격하거나 삐딱하게 바라볼 때 방패로 이용하기도 했다. 그래야 내가 덜 별로인 사람이 되니까. 참으로 부끄러운 단면이다.

잃었다 싶은 것들은 다 세어 보기도 어려울 만큼 많은데 시간을 되돌려 보면 그때가 아니면 잡을 수 없는 소중한 존재들은 자신이 그만한 가치가 있음을 알려 주려 크게 신호를 보내거나 빛을 발하지 않았다. 나를 시험하려는 듯 수수한 모습을 하고 있었고 매력적인 오답 사이에 끼어 유유히 내 삶에서 빠져나가 자취를 감췄다. 뒤늦게 중요성을 알고서 뒤쫓아 가 봤지만 붙잡기에는 한참이나 늦은 후였다.

그럴 때는 날이 잘든 냉정함이 필요하다. 현실을 받아들이지 못하고 낙담하다 보면 한없이 시간만 흐르게 되는데 이제 없는 것을 매만지며 과거에 계속 머무는 건 미련한 일이다. 내게 주어진 기회가 다 됐음을 빨리 인정하고 다음 단계로 넘어갈 줄도 알아야 한다. 후회가 많을 때는 자신에게 말해 주길 바란다. 반성하되 크게 자책하지 말고, 가끔 돌아보는 건 좋지만 앞으로 걸어가는 건 멈추지 말자고.

오르지 못할 산이라고

누가 말하고 단정하는 걸까요.

당신이 계속 걷고 있잖아요.

꿈꾸며 노력하기는 어렵고

남에 대해 말하기는 쉽습니다.

우리 항상 어렵고 무거운 쪽에 있기로 해요.

지금은 힘들어도 결국 그 모습이

당신 미래의 따뜻한 풍경이 되어줄 것입니다.

자존감이 건강한 사람

자존감이 건강한 사람은

타인을 진심으로 칭찬하는 데 인색하지 않습니다.

자존감이 건강한 사람은

자신의 부족함을 알면서도 긍정적으로 생각할 줄 압니다.

자존감이 건강한 사람은

남들을 자신보다 밑으로 보지 않고 겸손합니다.

자존감이 건강한 사람은

자격지심으로 갈등을 만들지 않습니다.

잘해 주고서 자주 서운해 한다면

잘해 주고 서운한 일이 종종 있어요. 내가 기대하던 반응이 아니라서, 내가 준 마음만큼 돌려주지 않아서, 나는 꾸준히 뭔가 줬지만 오히려 멀어지는 기분만 들어서 서운해져요.

'누군가에게 잘해 주면 상대의 진가를 알 수 있다.'라는 말을 심심치 않게 접하는데 그 문장도 내 서운한 마음에 힘을 실어 줍니다. '그래, 나는 진심을 다했는데 저렇게 나를 대하는 걸 보니 그 정도의 사람이었나 보다.' 하고 툭 털며 돌아서기도 했습니다.

하지만 계속 상대에게만 탓을 돌린다면 앞으로도 같은 경험을 반복하게 되고 더 외로워지며 마음은 뾰족해지기 쉬워요. 나는 계속 진심을 주는데 왜 자꾸 기대와 다른 결과로 돌아오는 건지 나 이외의 것에서만 답을 찾으려 하죠. 타인에게 잘해 주고 서운해할 때는 두 가지만 함께 생각해 보기를 권하고 싶습니다.

첫 번째, 내가 상대방에게 주고 싶은 게 상대방의 입장에서 생각한 것인지, 나를 기준으로 한 것인지 먼저 따져 봐야 합니다. 상대가 좋아하는 게 아니라면 아무리 내가 좋은 마음으로 행동하고 선물을 준다 해도 상대에게 행복이 되지 않습니다. 그 마음은 고맙지만 어딘가 아쉽거나 배려 없게 느껴지겠죠.

이렇듯 내가 좋아하는 게 모두의 취향은 아니라는 점과 심지어 누군가에게는 가장 싫어하는 물건이나 행동일 수도 있음을 마음에 새겨야 합니다. 잘 모르겠다면 괜한 모험을 하지 말고 직접 물어봐야겠죠.

두 번째, 내가 상대방과 그만한 마음을 나눌 사이인지를 베풀기 전에 미리 생각해야 합니다. 사람 사이에서는 관계를 어떻게 정의하는지에 따라 주고받기에 적당한 크기의 마음이 있습니다. 그 범위를 초과해서 마음을 드러냈을 때 상대와 더 가까워지는 기회가 되기도 하지만 그렇지 않은 사이로 되어 버리는 경우가 더 많다는 거죠.

내 진심이 상대로부터 퉁명스럽게 돌아오거나 밀려났다면 내가 그를 대하는 마음과 그가 나를 대하는 마음에 차이가 나는 경우가 대부분일 것입니다. 그런 사이에서 내가 많이 좋아하고 아낀다는 마음으로 너무 과한 선물이나 애정을 드러내게 되면 부담으로 남습니다. 자신에게는 받은 만큼의 진심을 되돌려 줄 여력이 없다는 걸 너무도 잘 알고 있으니까요.

사람의 마음을 얻으려면 기다림과 인내, 그리고 현실을 직시하는 태도가 필요합니다. 그걸 모르고 혼자만 앞서 나가고 헛되이 마음을 쓴다면 의미 없는 서운함만 늘어날 것입니다.

모두 마음 크기의 문제

7만 원으로 일주일을 살아야 했던 시기가 있었습니다. 돈을 모으기는커녕 밥만 먹고 지내도 빠듯한 금액이었죠. 친구들과 약속도 핑계를 대며 피하던 때였습니다. 더는 지출이 없기를 바라고 있었는데 아니나 다를까 친구로부터 결혼한다는 연락이 왔습니다. 당장 다음 주 주말이 결혼식이라면서요.

3년 이상 연락이 없던 사이여서 갑자기 결혼 소식만 알리는 게 서운하기도 했지만, 어릴 때 고마움이 많은 친구여서 꼭 축하해 주고 싶었습니다. 하지만 축의금을 내면 제 생계가 위협받는 상황이었습니다. 결혼식에 가야 하나 고민을 하는 마음이 비참했습니다. 가까운 데서 식을 하는 것도 아니었거든요. 결국, 일주일만 2만 원으로 어떻게든 버티고 5만 원을 축의금으로 줘야겠다고 마음을 먹었습니다.

과거 그 친구도 많은 걸 제게 내어 준 적이 있었거든요. 물질적인 게 아니라 더 고마움이 컸습니다. 마음의 빚과 감사를 잊을 수 없어서 저 역시 아끼지 않고 기꺼이 내어 줄 수 있었습니다.

일주일 후 결혼식장에서 너무도 고마워하는 친구를 보고 나니까 결혼식에 참석하고 축의금을 준 것 모두 참 잘했다 싶었어요. 그 돈이 당시 내게 어떤 의미였는지 친구는 지금도 알지 못하지만, 굳이 알리며 생색내고 싶지도 않았고 기뻐해 준 것만으로도 충분했습니다.

우리는 누군가를 생각하는 만큼 움직이고 자신을 내어 줍니다. 먼 거리를 동네 가듯 달려가기도 하고요. 비용의 크고 작음이나 멀고 가까움의 문제가 아니라 모두 마음 크기의 문제였습니다.

백 원을 써도 아까운 사람이 있고
가진 걸 다 줘도 더 주지 못해
미안한 사람이 있습니다.
우리 동네까지 찾아온다고 해도
만나기 불편한 사람이 있는 반면
짧게라도 볼 수 있다면 먼 길을 달려가도
그 수고가 전혀 아깝지 않은 사람도 있었습니다.
점점 더 내 마음이 머무는 곳에만
나를 의미 있게 쓰게 돼요.
상대방을 사랑하고 아끼는 만큼
멀리까지 가게 되더라고요.

시간을 만들어서 내게 연락하는 인연

　시간을 만들어서 내게 연락하는 사람의 언어에서는 빛이 납니다. 얼마나 나와 닿고 싶어 하는지 의지가 느껴지고, 그 의지는 애초에 점과 점이었던 우리를 어떻게라도 선이 되게끔 이어 보고자 하는 꾸준한 열정이었습니다.

　남는 시간에 내게 연락하는 사람은 둘 사이에 벌어진 먼 거리를 내심 인정합니다. 그 간격을 군이 좁히려 하지 않았고, 일관된 관심과 간절함이 없었으며 때로는 '필수'보다는 '필요'라는 이름으로 나를 찾아왔습니다. 그런 연락에는 연락하는 동안만 잠시 불을 밝히는 스위치가 달린 듯했습니다.

그 사람이 남는 시간에 내게 연락하는지

아니면 시간을 만들어서 내게 연락하는지

연락받는 사람은 굳이 묻지 않아도

잘 알고 있습니다

'원래' 그랬던 게 아니라
'무례함'일 뿐이라고

당신이 '원래' 그런 사람이었다는 말로
변명하지 않기를 바랍니다.
출근 시간이나 중요한 약속에는 늦지 않으면서
나와 만날 때는 습관적으로 늦고,
강한 사람에게는 아무 말도 못 하면서
약하다 싶은 이에게는
함부로 대하며 상처 주는 태도는
사람을 봐 가면서 대하는 무례함일 뿐입니다.

편치 않은 관계의 맛

즐겁지 않았나 보다. 친구와 시끌벅적하게 빈틈없는 시간을 보냈는데 집에 돌아가는 길이 편치 않았다. 직감적으로 그 친구와는 앞으로 자주 보기 어려울 거라고 예감했다.

한 번의 불편함으로 내린 판단은 아니었다. 이전 만남에서도 우리가 잘 맞지 않는다는 걸 여러 차례 느꼈다. 친구는 좋은 면이 많았지만, 주변 사람들 험담이나 궁금하지도 않은 근황, 비밀을 자주 얘기하던 게 내게는 뾰족하게 느껴졌고 내 얘기 역시 다른 누군가에게 아무렇지 않게 말할 것만 같아 점점 두려워졌다. 내게 민감할 수 있는 주제들을 자꾸 눈치 없이 꺼내는 것도 주머니에 압정을 넣어둔 듯 불편했다.

즐거워지고 싶어서 약속을 잡고 얼굴을 보는 건데 특정한 사람만 만나면 집을 나설 때 기분보다 후퇴하며 돌아오는 일이 종종 있었다. 그런 관계는 만나는 빈도가 줄고 가슴을 걸어 잠그고

피상적인 만남을 이어간다. 그렇게 나는 괜히 굳어서 무얼 더 나누지 못하고 일방적으로 얘기를 들어주는 처지가 되어 버렸다.

"남보다는 우리 얘기를 했으면 좋겠다.", "말하기 전에 내 생각도 한번 해주면 안 될까?"라고 말이라도 꺼내 보는 게 정답에 가까운 태도겠지만 당시에는 내 목소리를 내지 않고 조용히 자리를 뜨며 자연스러운 멀어짐을 택했다.

이해하고 인내하기 어려운 상대방의 면면을 입 밖으로 꺼내서 전달하는 건 이후에 이어지는 다소 불편한 시간까지 감당해야 한다는 걸 의미한다. 그걸 잘 버텨 내면 더 단단한 사이로 제련되는 거고 실패하면 관계가 더 악화할 것이다. 아무 말 없이 내가 멀어짐을 택한 건 그 시간을 감당할 만큼의 정이 없기 때문이었을 거라고 뒤늦게 정리를 했다.

함께하는 시간이 즐겁지 않은 사람과는 헤어지고 혼자 남게 되면 쓴맛이 났다. 그 '떫음'은 내 억지웃음이 늘수록 강해지고, 본연의 내 모습을 보여 주기 어려울 때 진해지며 상대방이 순수와 거리가 멀다고 느껴질수록 선명했다. 사람이 사람을 다시 찾게 되는 동력은 '설렘'인데 만나고 나서 마음이 편치 않은 사람에게는 그 감정이 발생하지 않으니 자꾸만 약속을 미루고 언제 밥 한번 먹자고, 다음에 얼굴 좀 보자고, 술 한잔하자고 추상적으로만 말할 뿐이었다.

이런 생각을 하고 있자니 이유도 모르게 내게서 멀어졌던 관계들이 조금 이해가 되었다. 모두 그런 건 아니겠지만 나와 함께 있던 시간 동안 그들이 쓴맛을 느꼈을지 모른다고, 그리고 그들 역시 불편한 시간을 감수할 정도로 깊은 마음은 없어서 내가 그랬듯 그대로 멀어지는 걸 택했을지도 모른다고 말이다.

쌉쌀하면서도 한 편으로는 모두의 마음을 충족시킬 수는 없는 거라 어쩔 수 없다고 받아들였다. 나와 더 긴 시간을 보내고 싶은 열의가 있다면 조용히 사라지기보다 불편함을 무릅쓰고 내게 얘기를 꺼내지 않았을까, 그러면 나 역시 그를 지키기 위해서 불편하게 하는 요소를 돌아보며 개선점을 찾을 것이다. 실제 그 과정을 거쳐 더 가까워진 친구도 있었다.

나는 자몽의 떫은맛과 흑맥주의 쓴맛을 싫어해서 선호하지 않지만, 자몽에도 단맛이 있다며 좋아하는 사람도 있고 흑맥주도 나름의 매력이 있다며 일 순위로 꼽는 사람들도 많다. 이렇듯 각자 취향이 있고 모두에게 사랑받을 수 없음을 진심으로 받아들이면 인간관계로 앓는 고민이 제법 가지런하게 교통정리가 된다.

맞지 않으면 저절로 멀어지고 잘 맞으면 아무리 밀어내도 곁에 있다. 삶은 끝없이 나와 맞고 맞지 않은 인연을 선별하는 과정인가 보다.

'당연한 배려'라는 건 없어요

자기중심적이거나 고집 센 사람에게는 메뉴 선택부터 약속 시간, 장소까지 못 이긴 척 맞춰 줘야 하고, 늘 자신이 대화와 모임의 중심에 있어야 하는 사람에게는 원하는 대로 한 발짝 물러서서 알게 모르게 자리를 비워 주기도 합니다.

그런 만남이 늘면 친한 사이에서도 을처럼 지내야 하는 존재가 됩니다. 그래서 내가 참아주고 배려해 주는 걸 당연하게 여기는 사람에게는 더 마음 쓰지 않겠다고 다짐했습니다.

어떤 사람들은 나를 소중히 여기고 존중하는 태도로 대하는데 굳이 스스로를 혹사하면서까지 마음을 쓰고 관계를 유지하며 스트레스 받아야 하는지 회의감이 들었기 때문이었죠.

예전에는 뭔가 아쉬워 곁을 떠나지 못하고 마음만 앓고 있었지만, 이제는 속으로라도 시원하게 외쳐 봅니다.

"나는 꼭 네가 아니어도 상관없거든, 그간 맞춰 줬던 내가 없으면 너만 더 불편하겠지!"

내 성공과 행복을 진심으로
축하하는 이들과 함께할 것

우리가 어렵게 쌓아 올린 결과를

쉽게 얘기하거나 깎아내리는 부류를 멀리해야 합니다.

목표를 대하는 순수한 열정과 뒤따르는 성실함을

별거 아니고 누구나 할 수 있다는 식으로 희석하는 건

지인이라는 가면을 쓰고서 나를 미워하는 사람일 뿐입니다.

그런 존재가 가까이서 내 긍정과 행복을 갉아 먹습니다.

내 성공과 행복을

진심으로 축하하는 사람과 함께해야 합니다.

서로 더 잘되기를 바라고

경쟁과 질투를 내려놓은 관계를 맺어야 합니다.

우리가 행복하게 할 수 있는 일들이

주변 사람들이 말하는 성공과는

거리가 있을 때도 있지만

타인에게 너무 휘둘리지 말고

하고 싶은 것들을 누리면서 지내길 바랍니다

세상에는 그 시기에 하지 않으면 할 수 없는 일들도 있고

남을 의식하면서 기회를 놓쳐 버렸을 때

누구도 책임저 주지 않기 때문입니다

외롭게 홀로 나는 새, 어머니

　엄마를 많이 사랑하지만 언젠가 자식을 낳을 일이 있다면 엄마와 같은 방식으로 키우지는 않을 거예요. 엄마 삶에는 엄마가 너무 없었잖아요. 가족과 일밖에 모르는 인생이었는데 쏟은 것에 비해 돌아온 건 한 줌뿐이었잖아요.

　저는 더 이기적이고 수시로 사사로운 행복을 좇는 사람이라 엄마처럼 살 자신이 없습니다. 부끄럽지만 엄마만큼 헌신으로 자식을 기를 수 없음을 고백합니다.

　혹시 그때 기억나요? 둘이서 차를 타고 집에 돌아오는 길에 엄마께 가장 좋아하는 음식을 물어봤었잖아요. 예전에 어떤 영상을 보게 되었는데 사람들이 자기 자식에 대한 건 잘 알면서 부모님 취향은 전혀 답하지 못하더라고요. 함께한 시간은 비교할 수 없을 만큼 차이가 나는데도 말이죠. 마치 제 얘기 같아서 저절로 눈물이 났습니다. 그래서 이제라도 엄마를 더 알고 싶어서 물었던 것이었어요.

하지만 엄마도 엄마를 잘 몰랐습니다. 당신이 어떤 음식을 가장 좋아하는지 답하지 못했거든요. 하나를 고르는 게 어려운가 싶어서 그럼 여러 개를 말해도 좋다고 재차 물었지만 잠시 고민하더니 "엄마는 뭐든 잘 먹잖아."라고 해맑게 웃으며 답할 뿐이었습니다. 그 천진난만한 웃음이 제게는 더 슬펐습니다.

이제껏 엄마만을 위한 바람은 들어 보지 못했어요. 뭘 갖고 싶다거나 어디로 여행을 가고 싶다거나 하는 흔한 소원 말이죠. 어렸을 때만 해도 세상의 모든 어머니가 다 그런 줄 알았습니다. 엄마는 가족에 헌신하고 이타적이어야 하는 줄로만 알았습니다. 참 편협한 생각이었지만 엄마가 당시 제가 잘 아는 유일한 엄마였기에 저의 좁은 세계에서는 그랬어요.

더 살다 보니 다 그렇지는 않더라고요. 가정과 자기 삶을 균형 있게 즐기는 분도 계시고 자식을 뒤로하고 순전히 자신만을 위해 사는 어머니도 있었죠. 그분들 삶의 방식을 감히 평가할 수는 없지만 적어도 남들처럼 엄마에게도 수많은 선택지가 있었음을, 그럼에도 가정을 우선으로 해서 기꺼이 가장 힘든 길을 선택했다는 걸 이제는 잘 압니다. 그 선택이 저를 '엄마'라는 단어 앞에 자꾸 숙연하게 만듭니다.

저는 언젠가부터 엄마를 하나씩 수집하고 있어요. 제게 택배를 보낼 때 넣어 주신 짧은 손 편지도, 반찬 통에 붙인 스티커들도 버리지 않고 모아 두고 있습니다. 가끔 엄마와의 통화도 녹음하고 같이 있을 때는 사진도 몰래 찍어요.

남은 삶에서 엄마 혼자 날고 있다는 생각이 들지 않게끔 제 사랑의 크기를 증명할게요. 더 자주 묻고 기억하고 채우겠습니다.

세상이라는 서점에서
나를 읽고 택한 이들

여러 사람과 책과 관련한 대화를 나눠 보면 구매를 결정하는 기준이 각자 다르다는 게 흥미로웠다. 표지와 제목에서 느낌이 오면 구매를 한다는 사람도 있었고 가까운 지인의 추천이 잘 맞아서 거기에 의존한다는 이도 있었다.

그럼 나는 어떤 기준으로 책을 구매할까? 안 그래도 며칠 전 서점에 들렀는데 당시 상황을 뒤로 감기 해 보았다. 언제나처럼 베스트셀러 코너를 한참을 응시하다가 유독 눈에 들어온 두 권을 조금 읽고서 제자리에 두었다. 경제 지식이 유독 적어서 얕은 의욕으로 관련 서적을 집었는데 재빨리 나를 밀어냈다. 소설은 흥미가 없어 그대로 지나쳤고 시집과 에세이 코너로 가서 제목이 인상적인 책 몇 권을 꺼내 읽는다.

나는 표지 뒤나 목차 앞에 있을 '작가의 말'과 목차 첫 글을 기준으로 구매를 결정할 때가 많다. 작가의 말은 원고를 모두 작성

하고 작업을 마무리하면서 느낀 소회를 적었을 거라서 책 전체 분위기와 작가 문체를 음미하기 좋고, 책의 첫 글에 의미를 두는 건 작가나 편집자가 가장 매력적이라 생각하는 글을 여러 목적에서 앞쪽에 배치했을 거라는 추측에서였다.

마음 가는 책을 모두 읽어 볼 수 있으면 좋겠지만, 구매도 하지 않고서 책을 다 읽는 건 작가에게 미안하고, 또 시간적으로도 가능하지 않아서 조금만 훑은 후에 구매 여부를 결정하곤 했다. 그런 방식을 거쳐 구매를 포기한 책은 시간이 지나서도 후회하지 않았다.

몇 페이지를 넘겨 본 것만으로 그 책에 담긴 내용과 매력을 이해했다고 말할 수는 없다. 다만 짧은 시간 동안 머리와 가슴을 오고 가는 끌림의 결말이 서점에 남을 책과 집에 가져갈 책을 나눌 뿐이다. 한 시간을 서점에 머물렀고 삼십 권이 넘는 책을 보고 나서야 마음에 드는 한 권을 구매했다.

서점에서 나와 횡단보도를 건너가면서 사람이 사람을 대하는 마음도 이와 다르지 않다고 생각해 본다. 마음에 드는 책을 골랐던 과정처럼 타인을 접할 때 그가 가진 페이지를 몇 장 넘겨보지도 않고서 가까이 지내고 싶은지, 더 거리를 둬야 하는지 판단을 내렸다. 첫인상으로 많은 이를 선 그었고 몇 번의 대화로 더 촘촘하게 남은 이를 다시 가려냈다.

좀 더 시간을 두고 봐야 한다는 걸 알아도 모든 이와 긴 시간을 보내기는 현실적으로 어렵다. 그간 경험에서 얻은 교훈과 마음이 이끄는 대로 따라가는 흐름은 어쩔 수 없었다. 그 결정은 이후 뿌듯함이나 후회라는 이름으로 남고 모두 자신이 책임져야 할 몫이다.

살다 보면 잘 모르는 사람이 나를 함부로 평가하고 멀리하거나 심지어 얼굴을 본 적도 없고 말 한마디 나눠 보지 않았는데 지인의 얘기만으로 누군가를 싫어하는 사례도 있다. 어찌 보면 참 가벼운 결정들인데 우리는 그렇게 얻은 미움에 많은 에너지를 쓴다.

가까운 이가 멀어지는 건 아픔의 가치가 있고 자신을 돌아볼 시간을 가지게 하지만 나를 잘 모르고 내게 깊이 들어와 보지 않은 이들이 표출하는 평가와 감정은 굳이 내 안에 들일 필요가 없다. 그러나 우리는 그 감정의 주인을 자처하며 자신에게 아픔을 떠안기기도 한다.

반대로 나를 몇 페이지 읽지도 않고서 가깝게 다가오는 사람이 있다. 거기에 머물지 않고 오래 서로를 읽어 보자고 청하는 인연도 있다. 서점에서 여러 책을 보다가 결국 한 권을 고르는 것처럼 우리도 누군가에게는 주변 많은 사람 중 선택받은 책이라는 것이다.

가벼우면서도 나를 어둡게 만드는 존재를 오래 마음에 담지말고, 나를 택한 인연에 주목하길 바란다. 미움은 쉽지만 한 사람을 가슴에 긍정적으로 새기는 건 어렵다. 누군가와 온기를 나누는 사이가 된다는 건 다수가 주는 부정적인 영향을 물리칠 만한힘이 있다. 내 마음에 자리한 책장에는 몇 권의 책이 있는지 살펴봐야겠다.

반드시 다시, 오래 볼 사이

친구를 만나고 돌아오는 길에 친구를 생각합니다.

각자 일상에서는 자신을 지키려

날을 세우고 치열한데

우리는 언제 어디서부터 경계를 없애고

모서리를 둥글게 하며

가까워지게 된 건지와 같은 것들을요.

자주 만나도 반갑고,

오랜만에 만나도 어제 본 듯 어색하지 않은 사이는

헤어짐을 걱정하지 않아서

언제든 웃으며 안녕이라 말할 수 있어요.

반드시 다시, 오래 볼 사이라서요.

좋은 사람

= 기본에 충실한 사람

　가까웠던 사이는 유치한 것 때문에 어두운 쪽으로 기운다. 친한 사람과 멀어졌을 당시를 돌아보면 관계에서 기본이라 여기는 부분이 자꾸 어긋나기 시작한 시점부터였다. '그래, 친하니까 그럴 수 있지!'에서 '친하다면서 그럴 수 있어?'로 바뀌었던 시점 말이다. 이후 한 사람의 순수한 의도가 더는 맑게 보이지 않을 때 운명은 관계를 둘 밖으로 인도했고 이는 다시 바뀌기 어려웠다.

　약속 시각에 먼저 도착해서 친구를 기다린 적이 있었다. 하지만 친구는 제시간에 오지 않고 보낸 메시지를 확인조차 하지 않는다. 사전에 늦을 수 있다는 말도 없었기 때문에 그 상황이 당황스럽다. 지금 어디쯤 있는 건지, 출발은 한 것인지, 도중에 무슨 일이라도 있던 걸까 궁금하다. 마냥 가만히 기다릴 수도 없어서 약속 장소 근처를 걸어 다녀 보기로 하지만 온전히 구경에 집중하지 못했다. 정해진 시간보다 20분이 지나자 전화가 온다.

"많이 기다렸지? 이제 거의 다 왔는데 어디 있어?"

사람이 늦을 수도 있는 거라 매번 정시에 도착하길 바라는 것이 아니다. 한 사람이 늦으면 우선 기다리는 상대에게 미안한 마음이 들어야 한다. 자신이 게으름을 부리며 누린 시간이나 사정이 있어서 요긴하게 사용한 시간만큼 상대가 부지런히 미리 나온 시간도 소중하기 때문이다.

사전에 연락을 줬다면 그렇게 기분이 상할 일도 없었을 것이다. 어떤 일 때문에 조금 늦을 거라서 미안하다, 최대한 빨리 가겠다는 형식적인 말만으로도 대부분 이해하고 넘어갈 수 있는데 기다리는 사람이 연락해도 회피하는 모습에서 실망은 더 커진다.

사람의 실수나 우연이 반복되고 쌓이면 나를 대하는 진심으로 받아들이게 된다. 잘 보이고 싶은 곳에서는 시간도 잘 지키고 깍듯하면서 내게만 '선택적 게으름'이나 '선택적 무심함'을 취한다면 더욱 그렇다. 가까운 사이이기에 더 편한 모습을 보이는 건 당연하지만 어디까지나 서로 기본적인 예의를 갖췄을 때 얘기다.

그리고 타인에게 무언가를 부탁할 때는 상대방이 부탁을 들어준 이후 내가 보이는 태도가 중요하다. 부탁할 때는 온갖 상냥

함을 쏟다가 용건을 마치고 나서는 앞으로 연락도 없다면 '필요할 때만 찾는 사람'으로 남는다. 목적 없이 가끔이라도 안부를 나눌 수 있는 사이라면 이런 오해는 생기지 않을 것이다.

좋은 관계가 깊고 오래가려면 좋은 친구나 애인, 형, 언니, 동생이기 전에 두 명의 당사자가 좋은 사람이어야 한다는 생각을 요즘 자주 한다. 우리는 타인이 자신에게 주는 서운함에는 민감하지만 같은 일로 누군가를 아프게 하기도 한다. 이따금 사람으로 아파야 한 번씩 나를 돌아본다. 남에게만 인색한 기준을 갖다 대지는 않는지, 나도 못하는 행동을 상대에게만 바라지는 않았는지, 내가 놓친 '기본'은 없는지 말이다.

내게 실례되는 일 자체보다

그 안에서 나를 배려했음을 찾을 수 없을 때

우리는 사람에게 실망한다.

우연처럼 순수하게 가까워진 우리

살아보니 그렇더라. 내가 좋은 모습일 때 친구라는 이름으로 다가왔던 사람들은 내리막을 타면 금세 사라졌고, 내가 못나 보여서 우위에 있는 걸 즐기려 곁에 있던 사람들은 내 상황이 자신보다 나아 보이면 연락이 뜸해지더라고.

네가 어려움을 딛고 원하는 결과에 닿았을 때 축하하는 마음만 가득할 뿐 질투나 시기는 전혀 생기지 않았고, 내가 더 이상의 바닥은 없다고 느낄 만큼 힘든 상황이었을 때 변치 않고 진심으로 힘을 주던 모습을 보면서 네가 진정한 친구라고 생각했어.

우연처럼 알게 되어서 조건 없이 순수하게 가까워진 우리잖아. 각자 무슨 일을 하고 수입이 어떻고 다른 상황에 있더라도 함께 있는 시간에는 세속적인 것들과 상관없이 웃으며 낮과 밤을 보낼 수 있어서 늘 행복하고 감사했어.

사람 사이라는 게 응당 우리 같을 줄 알았는데 막상 겪다 보니 그런 사람, 만남이 흔하지 않다는 것을 알게 됐거든. **추억들이 겹쳐 짙어질수록 나이테가 늘어갈수록 나는 네가 점점 더 소중하기만 하다.**

힘들어도 덕분에 내가 살아간단다

바쁜데 시간을 내줘서, 맛있는 식당에 데려가 줘서, 함께 나란히 걸어 줘서, 답답하고 화나는 일을 한없이 털어놔도 수다 먹는 하마처럼 흡수해 주고 때론 말하고 싶지 않은 일을 캐묻지 않아 줘서, 늘 다음을 약속하고 또 지켜 줘서, 내 표정과 기분을 읽어 줘서, 어떤 날에는 세상 가장 즐겁게 해 줘서 고마워. 덕분에 힘들어도 웃으면서 산다.

네가 어떤 그림이어도 좋으니
지금처럼 곁에 있어 주길 바랄게.
내가 앞으로도 그럴 것처럼.

part 4

사랑이니까
사랑 안에서

깊이 사랑에 빠졌을 때는
넓게 울타리를 만들고
팻말에 한 사람 이름을 적었습니다.
세상 모든 걸 끌어와
그 안에서 누리고 싶었습니다.

미래의 기준이 되는 인연

자신에게 꼭 맞는 사랑을 받았던 사람은 이후에 따뜻한 사람으로부터 좋은 마음을 받아도 쉽게 만족하기 어렵습니다. 같은 종류 음식이라도 내 입맛에 딱 맞는 식당이 있다면 다른 식당을 가도 그 식당이 떠오르는 것처럼, 의류 매장에서 한번 마음에 드는 옷을 입어 보고 나면 다른 옷들을 돌아보아도 눈에 들어오지 않는 것처럼 사랑도 그러했습니다.

내가 원하는 모습의 사랑을 줬던 사람을 잃으면 그 사랑이 앞으로 내 연애에 기준이 되어 버리고, 다가오는 이성들의 진정성을 그 사람 기준으로 판단하기도 합니다. 지금 내게 없는 사람이 그보다 나은 사람이 나타나기 전까지 기준이 되어 다음 인연을 가로막기도 하고 통과시키기도 한다는 건 참 무서운 일이죠. 아무리 대단한 사람이라도 자신에게 딱 들어맞는 사랑은 일생에 몇 번 다가오지 않는 거라서 놓치지 않게끔 진심을 다해야 합니다.

숫자로부터 자유롭기를

나를 둘러싸고 있는 숫자들에 내가 너무 얽매이지 않기를 간절히 바랍니다. 몇만 원을 아끼려고 내게 주어진 행복을 해치지 않을 것이며, 시간에 쫓겨 내 길이 아닌 자리에 억지로 앉지 않겠습니다.

당신에게 보낸 메시지에 '1'이 사라지는 것을 계속해서 확인하지 않는 나이기를 바랍니다. 내가 할 수 있는 만큼을 다 했다면 그 후에 사람이 오고 가는 것에 연연하지 않을 것입니다.

단순히 나이가 찼다는 이유로 그 시기에 만나고 있는 사람과 먼 미래를 생각하지 않겠습니다. 그리고 단지 나이 차이 때문에 좋은 사람을 놓치고 싶지도 않습니다.

내게 쓴 돈의 액수나 연락한 횟수만 운운하는 사람보다 소박하더라도 진심을 담을 줄 아는 사람이 곁에 있기를 바랍니다. 돈

몇 푼으로 가까운 사람과 의리를 재고 멀어지는 일은 없었으면
합니다.

주변 사람에게 내가 첫 번째인지, 두 번째인지 우선순위에 집
착하지 않을 것입니다. 여전히 부족한 나를 채워 준다는 것에 감
사하겠습니다.

마음을 담은 선물

사랑이 어려운 이유는 눈에 보이지 않는 '감정'을 기초로 삼기 때문입니다. 무형의 애정을 측정할 수 있는 지표는 표현밖에 없어서 표현을 받지 않으면 불안해하고, 연락이 유기적으로 오가지 않으면 내게 쏟을 정이 말랐는지 걱정합니다. 그래서 '당신을 생각하는 내 마음이 이렇다'고 지속해서 드러내며 관계를 유지하려는 모습이 필요하죠. 꾸준히 연락하고 깊이에 맞는 주기로 만나 시간을 보내면서요.

사랑하는 사람에게 선물을 주는 건 대표적인 표현 방법인데 평소 상대방을 잘 관찰했거나 대화를 기억했다면 어떤 선물을 할지 자연스럽게 답이 나올지도 모릅니다. 상대방은 의도하지 않았더라도 여러 행동으로 많은 힌트를 주고 있어요.

함께 길을 걷다가 지나치듯이 예쁘다고 말했던 물건을 기억해 두면 좋을 것입니다. 늘 바르던 핸드크림을 다 써서 다 쓴 치약처럼 쥐어짜고 있다면 말없이 같은 향으로 사다 줄 수도 있겠죠. 상대방이 좋아하는 작가의 신간이나 가수의 앨범을 구매하는 방법도 있습니다.

자주 입는 옷 스타일은 뭔지, 어떤 색상을 좋아하는지, 무슨 브랜드의 옷이 많은지를 같이 시간을 보내면서 지켜보는 거죠. SNS에 올린 사진 속에도 취향을 확인할 수 있습니다.

누구나 줄 수 있는 선물이 아니라 상대방의 말과 행동을 그냥 지나치지 않았다는 걸 증명하는 선물이면 받는 입장에서도 큰 감동을 할 것입니다. 살다 보면 크고 작은 선물을 받지만 나를 기억해 주는 게 느껴지는 선물이 가장 기억에 남아요.

사람은 함께 있는 시간 동안 행복한 기억이 많을수록 그 사람과 더 자주 만나고 싶어 하고, 이성이라면 사랑에 빠질 가능성이 높다고 합니다. 그래서 마음을 얻고 싶다면 상대방이 어떤 점에서 행복을 느끼는 사람인지 고민하고 행동해야 할 것입니다.

그 행복을 실현하는 데 선물이 큰 역할을 할 수 있습니다. 거창하지 않아도 좋으니 아끼는 사람에게 애정과 관심이 담긴 촉촉한 선물을 한번 해 보는 건 어떨까요. 달력을 채우는 수많은 약속 중에서 상대방은 그날을 더 특별하게 기억할 테니까요.

사랑이란

누구보다 관심 있게 바라보고 기억하는 일.

사랑하는 사람을 한 문장으로 정의할 수 있지만

계속해서 지우고 수정할 여지를 주는 일.

자꾸 움직이고 뒤척이기보다

찾기 쉽게 처음의 자리를 지키는 일.

다툼을 방치하면 그날 밤은 참 길게 느껴집니다. 시간은 더디 흐르고 차마 먼저 연락은 하지 못하면서 스마트폰만 바라보고 있었을지도 모르죠. 각자 억울하거나 기분이 상할만한 입장이 있다 보니 자존심만 세우게 됩니다. 혼자 상황을 확대 해석하고, 상대방의 생각과 행동을 왜곡하면서 생긴 부정적인 상상은 꼬리에 꼬리를 물다가 검게 타서 하루를 마무리합니다.

방관하는 시간이 길어질수록 관계를 조금씩 내려놓게 됩니다. 자신도 먼저 화해를 청하지 않았고 딱히 바람직하게 처신하지도 않았으면서 상대방이 어떻게 나오는지만 바라보며 관계를 회의적으로 보기 시작하는 것입니다.

그러다 정말 관계가 멀어지고 끝이 나면 그제야 크게 후회합니다. 자신의 진심은 조금 서운하고 화가 났을 뿐이고 그렇게 갈라서는 것까지는 생각하지 않았기 때문이죠. 하지만 상대방에게는 그 시간이 그동안 쌓였던 감정을 터지게 하는 계기가 되었던 것입니다. 조금 서둘러서 마음을 다독일 수 있었다면 관계의 양상은 달라졌을지도 모릅니다.

오래 지키고 싶은 사람이라면 다퉜을 때 그 밤을 넘기지 말고 화해의 손을 내밀기를 바랍니다. 방치하는 밤은 하루지만 이별은 몇 개월이나 더 다가오니까요. 둘 사이에 자존심 문제가 아니라 스스로 후회를 줄이기 위해서입니다.

기분 나쁘고 화가 치밀어도

기약도 없이 동굴 속에만 있지 말아요

그건 밖에서 한없이 기다리는 사람에게

예의가 아니잖아요

웃고 놀 때 잘 맞는 사람들보다

다퉜을 때도 배려하고 화해를 잘하는 연인들이

더 오래 만남을 이어 갔습니다

과거보다 더 나은 사랑을 한다는 건 스스로 그 선이 어디 있는지 잘 아는 것이겠죠. 단순히 '마음 가는 사람'을 만나는 게 아니라 더불어 내가 '감당할 수 있는 사람'인지도 생각해 본다면 분명 이전에 겪었던 비슷한 아픔과 이별은 피할 수 있을 거예요. 감당할 수 있는지를 판단하는 요소는 각자 다양합니다. 애인의 남사친, 여사친에서 발생하는 이성 문제, 종교, 생활 방식, 음주와 흡연, 연락과 대화, 너무 자유롭거나 보수적인 가치관, 사랑이 얼마나 우선순위에 있는지, 소비 습관 등 연애에 영향을 줄 수 있는 여러 부분입니다.

'사귀고 나면 해결되겠지.', '결혼하고 바꾸면 되겠지.'라는 기대는 내려놓으세요. 사람은 자신에게 가장 편한 방식, 스스로 행복할 수 있는 가치를 좇는데 상대 모습이 지금 내가 감당할 수 없다는 이유로 내 기준대로 바꾸려 하는 건 그 사람의 행복을 해치는 길이고 잦은 다툼을 유발하거든요. 언젠가 마음이 느슨해지면 다시 원래 모습대로 돌아가려 할 것입니다. 그게 그 사람에겐 행복이라서요. 그리고 이미 상대가 무엇에 행복한지 알고서 관계를 맺기 시작했으면서 바꾸려고 하는 것도 이기적인 자세입니다.

사람마다 건강하고 편안한 사랑이 가능한 '이해와 감당의 범위'가 있는데 그 선을 넘는 사람을 만나면 자주 불안하고, 불행한 날이 늘어갑니다. 스스로 어디까지 이해할 수 있는지를 과거 연애를 돌아보며 확인하고, 감당할 수 있는 범위 안에 있는 사람과 사랑하길 바랍니다.

연애는 시작보다 유지가 더 어려워서 여러 번 연애했다는 사실만으로 연애를 잘한다고 할 수는 없습니다. 사람의 마음을 끌어당기는 건 때로는 아무 노력 없이도 가능하지만, 관계 유지는 상대에 맞게 행동하려는 배려와 노력이 필요하니까요. 그래서 한 번의 연애라도 현명하게 긴 시간 관계를 이어가는 사람이 연애를 더 잘한다고 생각합니다.

오랜 시간 끈끈하게 연애하는 비결은 연인마다 다양하겠지만, 공통적으로 발견되는 점은 둘 사이가 끊어지지 않도록 예민할 수 있는 부분을 서로 조심하는 것입니다. 그리고 다투더라도 선을 지키고 둘만의 방식으로 화해를 잘 이끌어 냅니다.

반대로 연애가 늘 짧은 사람은 얕은 이해심과 남 탓하기, 똥고집, 집착과 불신, 끈기와 인내의 부족, 이기심, 강한 자기애로 인한 오만함 같은 것들 때문에 관계를 길게 이어가기 어려웠을 것입니다.

부족한 인내와 이기심은 이별을 자주 입에 올리거나 돌발적으로 헤어지자고 말하는 형태로 나타나기도 합니다. 답답하거나 자신이 바라는 대로 상대방이 행동하지 않는다고 생각하거나 갑자기 화가 치솟을 때 감정을 다스리지 못해서 마음에도 없는 이별을 말해 버립니다.

그렇게 욱해서 이별을 말하거나 헤어짐을 반복하면 상대방은 그 관계가 계속 이어질 거라고 기대하기 어렵습니다. 당장은 아니더라도 언젠가는 끝이 있을 것만 같고, 쉽게 이별을 말하는 만큼 쉽게 자신을 떠날 수 있다고 믿게 됩니다.

홧김에 뱉은 이별이 상대방에게는 큰 상처가 됩니다. 상대방의 사랑이 크고 단단할수록 그 고통은 극심할 것입니다. 한 번 들은 말은 듣지 않은 시간으로 되돌릴 수 없고 적어도 그 연애 안에서는 자꾸 떠오르는 트라우마가 될지도 모릅니다.

삶은 가슴을 지배하는 단어와 목표를 자꾸 좇으며 실제 닮아 갑니다. 별거 아닌 듯해도 특정한 행동으로 나아갈 수 있는 연료가 되는 것입니다. 이별 역시 예외는 아니라서 자신뿐만 아니라 상대방에게도 영향을 주고 이별을 입 밖으로 내는 게 습관이 되면 둘의 관계는 이별과 더 닮은 모습이 되어 갑니다. 오래 함께하고 싶다면 그 바람에 어울리는 단어를 자주 꺼내고 따뜻한 말을 매만져야 합니다.

먼저 이별을 말해 놓고서는 상대가 그 이별을 받아들이고 냉정하게 관계를 정리하면 진심이 얕다고 원망하는 경우가 더러 있는데 그것은 미련한 행동입니다. 나는 헤어졌다가 다시 만나는 걸 반복하는 게 아무렇지 않을 수 있지만, 누군가에게는 한 번의 이별이 영영 이별일 수 있다는 사실을 잊지 않기를, 냉정하게 변한 사람을 원망하기 전에 자신의 가벼움을 먼저 탓해야 할 것입니다. 그리고 이별로 상대의 마음을 떠보고 싶다면 그 사람과의 관계 전부를 베팅할 각오여야 합니다.

사랑에 빠진 사람은 나이에 상관없이 유치하게 변하지만, 연애의 난관에서 대처하는 방식까지 유치하지는 말기를. 자신의 행동이 상대방에게 어떻게 받아들여질지 먼저 생각할 수 있다면 아이 같은 순수한 애정이 잘 전달될 수 있을 것입니다.

지금 혼자인 게 나은 사람

혼자라서 진심으로 편하고 외롭지 않은 사람.

단지 외로워서 어딘가 기대고 싶은 사람.

끝난 사랑을 아직 마음에서 놓지 못한 사람.

자신을 너무 사랑하고 아껴서 연애를 하더라도

상대방을 서운하지 않게 아낄 여유가 없는 사람.

애매한 사람을 곁에 두면
내 마음도 애매해집니다

　나는 마음이 가는데 상대 마음을 확실히 알기 어려울 때 저 사람을 곁에 둬야 하나 계속 좋아해도 될까 고민하게 됩니다. 그 마음을 상대가 알아줘서 나를 향한 애정이 점점 더 커지고 비슷해진다면 가장 좋겠지만, 그렇지 않은 경우가 문제겠죠.

　나를 많이 좋아해 주는 사람과 하는 연애도 순탄치 않은데 내게 간절하지 않은 사람과 연애를 하는 건 안전띠 없이 롤러코스터를 타는 것과 다를 바 없어요. 행복하려고 연애를 하는 건데 상대가 애매한 자세를 취한다면 이 사람이 내게 마음이 있는 건지 의심이 늘고 함께 있어도 우울함이 웃음을 가리고 편안보다 불안과 더 친해지거든요.

그 사람이 곁에 있다 하더라도 껍데기뿐이라면 의미가 없듯이 나를 진심으로 아껴 주는 사람인지가 중요합니다. 애매한 사람을 힘들여 내게 데려오지 말고 애매한 모습 그대로 곱게 두고 오기로 해요.

할 수 있는 노력을 다했다면

그 이후는 내 손을 떠난 거니까.

끊임없이 생각한다고

끝난 인연이 돌아오는 건 아니니까.

미련은 나보다 무거워서

자꾸만 입꼬리를 내리니까.

오늘 모두 내려 두고 가볍게 가기를.

애정이 아니라면 내게
다정하지 않기를 바란다

네 마음이 애정이 아니라면
내게 다정하지 않기를 바란다.
나는 네가 일으키는 따뜻한 잔바람에도
덜컥 진심을 잘 쏟는 사람이니까.
거울처럼 사랑할 수 있는 사람에게만
내 마음을 모두 쓰고 싶으니까.
애정이 아니라면 차라리
마음 없다는 티를 잔뜩 내기를 바란다.

다음 사람을 위해
문을 잘 닫아 주세요

　내게 다가오는 따뜻하고 뜨거운 마음에도 경계와 긴장이 필요하다. 세상을 이루는 대다수는 양면성을 지니며 좋음만으로 가득 찬 게 아니라는 걸 경험으로 알아 버렸다. 그래서 나를 다치게 할 가능성이 조금이라도 있다면 조심하게 된다. 나를 향한 호감이 충만한 건 감사하지만, 얼마나 지속할지 모른다는 불확실함도 조심성을 더한다.

　온기 자체를 두려워하는 게 아니다. 오히려 가까이하고 싶고 좋아해서 무방비 상태가 되는 나를 잘 알기에 더 경계하게 된 것이다. 나는 상대방이 관계 초반에 열정적이었던 것과 대조되게 차가운 모습인 걸 바라보는 게 싫고 멀어질 걸 미리 상상하며 아파한다. 새롭게 찾아오는 존재는 과거 나를 아프게 한 이와 다른 사람인데 모두 똑같을 거라고 같은 가면을 덧씌우며 밀어내기도 했다. 모두 마음이 단단하지 못할 때 벌어지는 일이다.

급하고 뜨겁게 다가와

나를 내어 달라고 안달하는 사람은

원하는 걸 얻은 다음 쉽게 차가워질까 봐

겁이 나곤 했다.

당신이 나를 내어 줘도 괜찮을 만한 사람인지,

정말 내게 원하는 게 무엇인지,

내 믿음을 초라하게 만들 사람이 아닌지

알아가는 시간이 내게는 필요하다.

어떤 멀어짐은 그동안 좋았던 기억까지 검게 칠한다. 내가 이 정도밖에 안 되는 사람에게 마음을 줬었나 안목을 탓하고 그런 존재로부터 비참하게 밀려났다는 사실이 나를 더 자괴감으로 밀어 넣는다. 멀어지는 과정에서 상처가 많을수록 마음 회복이 더 오래 걸렸다.

'잠수 이별'이라는 게 있다. 연애 도중에 한 명이 연락을 차단하거나 급작스럽게 관계를 끊고 사라지는 행태를 말하는데 가장 비겁한 이별 방식으로 손꼽힌다. 이별을 준비할 틈도 없이 혹은 나름 대비해도 예상을 벗어난 무례한 이별에는 크게 다칠 수밖에 없을 것이다.

관계의 싹이 움틀 때는 열의가 넘쳤을 거고 머지않아 더 깊은 사이로 지내자는 합의도 있었을 것이다. 적지 않은 약속을 나누며 쉽게 꺼내기 어려운 얘기도 주고받는다. 그 시간은 행복의 열기로 가득한데 그런 걸 함께 나눈 이가 예고도 없이 자신을 차단하면 남은 사람은 이후에 다시 사랑을 그리기 어려워진다.

급히 사라지는 쪽도 자신이 비겁하다는 걸 안다. 뜨거웠을 때 자신이 던진 수많은 약속과 호언장담했던 일들이 오늘 차갑게 변한 자신이 보여주는 태도와 매우 다르고 이렇게 금세 사그라지는 마음이었음을 인정하자니 그럴 염치도 없다. 이별의 순간 상대가 여러 가지를 따지며 되묻는다면 감당하기도 어려웠을 것이다. 그래서 잠수 이별을 택하고 도망가는 것이다.

이별을 정식으로 얘기하지 못하고 도망가는 사람이라면 다시 새로운 사랑을 한들 그 무거운 마음은 책임질 수 있을까. 과학적인 근거에 기반을 두지 않은 내 바람일 뿐이지만 관계에서 도망치는 습관은 몸에 배어서 다음 인연에 영향을 미칠 거라고 믿는다. 얼굴을 보고서 이별을 하는 게 최선이겠지만, 그럴 수 없다면 전화나 메시지로라도 마무리를 지어야 한다. 구구절절하게 아름답고 따뜻한 말들을 바라는 게 아니라. 먼저 끝내려는 쪽이 마침표를 찍어야 한다는 것이다.

지난 인연은 마지막 모습으로 강하게 기억 남는다. 앞으로 보지 않을 사람이라고 무례해서는 안 된다. 나는 그 사람에게 잠시 머물다 가는 존재지만, 상대방이 트라우마 없이 다음 사랑을 할 수 있게끔 돕는 게 나를 아꼈던 이에 대한 예의다. 사랑하는 도중 이별에 처했을 때는 내가 아픈 게 먼저라 상대방이 어떻게든 미웠지만, 그래도 마무리를 하고 갔던 사람은 뒤늦게라도 고마웠

다. 관계를 시작할 때의 열정과 용기에 걸맞게 마무리도 그와 닮

았으면 좋겠다.

마음이 떠나서 이별하는 거라면 그 사유를 솔직하게 전해야 합니다. 핵심은 생략하고서 '너의 어떤 점이 싫어서, 나와 맞지 않아서' 헤어지는 거라고 둘러댄다면 상대방은 그 말만 그대로 믿고서 자신을 바꾸려고 노력하며 은근히 재회를 기대하게 됩니다. 자신에게 애정은 있는데 맞지 않았던 부분들 때문에 헤어진 거라고 믿으면서 이별은 정리도 못 하고 안타까운 시간만 흐르는 것입니다. 애초에 더는 사랑하지 않아서 헤어진다고 단정 지었다면 없을 일이었겠죠. 좋은 이별은 없을지 몰라도 가장 덜 상처 주는 이별은 있습니다. 상대가 빨리 관계를 정리할 수 있게 하는 이별입니다. 당시에는 냉정하고 차갑게 느껴질지 몰라도 어떤 여지도 주지 않는 태도가 시간이 지나고 돌아보면 가장 나은 방법이었습니다.

당시에는 가장 냉정한 말이었지만
더는 사랑하지 않아서 헤어진다고 말했던 사람이
더 빨리 정리할 수 있게 해 줘서 고마웠습니다
이별하는데 다른 이유를 붙이지 말아요
상대는 그 이유에도 의미를 부여하며
미련을 가지니까요

저는 해외여행이나 장기간 집을 떠나야 할 때 혹시라도 필요할 만한 것들은 다 갖고 가려는 스타일입니다. 예를 들면 손톱깎이, 세제, 입었던 속옷이랑 양말을 담을 비닐봉지, 펜 한두 개와 노트, 여유가 날까 싶어서 책 한 권도 챙겨갑니다. 숙소에 샴푸나 바디워시가 비치되어 있다 해도 공병에 꼭 덜어가고 멀미랑 친해서 멀미약은 물론 배탈약, 타이레놀, 대일 밴드까지 넣어 두죠.

이렇게 챙기다 보면 짐은 늘어도 여행에서 한 번씩 필요한 일이 생길 때 확실히 뿌듯합니다. 신경 써서 챙겨 오길 잘했구나 하는 내적 으쓱거림이 있는 거죠. 그 기분을 느껴 보면 대충, 가볍게 다니기가 쉽지 않습니다.

저와 반대인 사람도 있어요. 일명 '가서 사면 되지' 타입이라고 할 수 있는데 최대한 짐을 가볍게 하고 필요한 게 생기면 현지에서 사는 스타일입니다. 심지어 속옷까지 현지에서 사 입으며 짐이 될까 봐 버리고 오는 사람도 있었습니다. 그리고 '허술 허술' 타입도 있어요. 분명 필요한 것들인데도 미리 점검하지 않고 허둥지둥해서 몇 개씩 빼먹고 떠나는 사람들이죠. 여행 계획도 제대로 세우지 않고 그날그날 어떻게든 되겠지 하는 스타일인데 그 모습이 답답하고 대책 없어 보이기도 합니다. 비싼 돈 주고 여행을 가면서 저렇게까지 무성의할까 싶은 거죠.

저는 제 방식이 있기 때문에 나머지 두 가지 스타일은 비효율적으로 생각할 때가 있었습니다. '가서 사면 되지' 타입은 여행 경비가 더 들 것이고, '허술 허술' 타입은 다 큰 어른인데 물가에 내놓은 아이처럼 뭔가 불안했어요.

그렇다면 제가 염려한 것처럼 여행을 행복하게 즐기지 못했을까요? 그들은 제 걱정이 무색할 정도로 행복한 여행을 보내다 왔습니다. 여행 지역은 같더라도 우리는 각자의 속도와 가치관에 맞게 여행을 계획하고 시간을 보내다 옵니다. 그 방식에 익숙해져서 나와 다른 여행 방식의 사람을 이질적으로 느끼지만 정작 그들은 자신만의 익숙한 리듬으로 여행을 다니기 때문에 크게 불편함을 느끼지 않습니다. 문제가 생기면 상황에 맞게 대안을 찾고 행복하게 여행을 보내다 오는 거죠.

우리는 때론 더 빠른 길이 있어도 일부러 멀리 돌아가기도 해요. 컴퓨터 키보드를 사용하면 더 빨리 문서를 완성할 수 있다는 걸 알면서도 펜이나 연필로 종이에 마음을 눌러 적기도 하고, 태블릿으로 책을 볼 수 있는 세상이지만 책 냄새가 좋고 손으로 한 장 한 장 넘기는 그 느낌이 좋아서 서점을 포기하지 못하기도 합니다. 그렇게 해야만 하는 각자의 선명한 이유가 있어요.

사랑할 때는 또 어떤가요. 잠깐이라도 얼굴을 보려고 왕복 6시간을 오가기도 하고 다음 날 아침 일찍 일어나야 하는 일정에도 사랑하는 사람과 늦은 새벽까지 통화하잖아요. 당장 내게 필요한 게 산더미인데 그 사람이 눈에 밟혀서 선물을 사기도 해요.

산술적으로는 적자일 수 있지만, 남들이 말하는 합리성이나 효율을 거스르며 마음이 이끄는 대로 행동할 때 더 행복한 경우가 많습니다. 저 역시 너무도 그렇게 지내 왔고요. 그것은 수학적으로 측량할 수 없는, '사람에 대한 애정'이라는 가치에 큰 비중을 두고 살았다는 걸 의미하기도 합니다.

사람이 없을 때는 사람을 갈구하느라 바보처럼 지내기도 했고 사람이 있을 때는 돌보고 함께 하느라 효율과 멀리 삽니다. 그게 어떤 이들에게는 삶에서 최종적으로 추구하는 방향인가 봐요.

수줍게 사랑을 고백하고 대답을 기다린다

준비한 유머를 당신에게 날리고 반응을 기다린다

맛있는 음식을 먹으면 감탄하는

당신 특유의 표정을 기다린다

함께 보기로 오래전부터 점찍어 온

영화 개봉 날짜를 기다린다

힘든 하루를 보냈을 당신의 고단함을 위로로 기다린다

언제 봐도 사랑스럽고 반가운 그 얼굴을 기다린다

머지않아 이 자리로 올 당신을 기다린다

기다림의 의미를 아는 사람과 사랑하기를

기다림은 기다리는 시간 동안 온전히 한 사람만을 생각한다는 점에서 편지를 쓰는 행위와 닮았습니다. 애틋함을 종이에 글로 적는 게 편지라면 기다림은 무형의 시간에 마음을 새기는 일. 할 말이 없는 사람에게는 편지 한 줄 쓰기가 어렵듯 설렘이 없는 사람을 기다리는 건 그 자체로 고역입니다.

이전에 내가 먼 길을 다녀오던 날에 사랑하던 사람이 마중 나왔던 기억을 떠올립니다. 나를 기다리던 그 마음은 머지않아 만날 거라는 기대로 가득한 내 설렘과 비슷한 무게였을까요, 기다림 끝에 다시 만났을 때 나와 당신은 분명 닮은 얼굴을 하고 있었습니다.

좋은 사랑은 기다림을 일방에게만 맡기지 않았습니다. 매번 한 사람만 기다림을 책임진다면 애정의 무게도 한쪽에 크게 기울어져 있을 것입니다.

앞으로 사랑하게 된다면 사랑의 상대방은 누군가를 뜨겁게 기다려 본 경험이 있는 사람이기를 바랍니다. 그만큼 사랑을 깊게 품어 본 사람이라면 따뜻한 온도와 배려를 나눌 수 있을 테니까요.

당신을 기다리는 마음의 단면을 보면

내 사랑을 겹겹이 쌓은 만큼의

나이테가 있을 것만 같다

우리가 엉뚱해진다면

둘 중의 한 명이 조금 엉뚱하면

만남에 웃음이 늘어납니다.

그리고 둘 다 엉뚱하면

행복을 대화하는 사이가 됩니다.

만나면 서로 더 이상한 사람이라며 장난치고 웃지만

내게 상대방은 이제 없어서는 안 될 사람,

나를 가장 외롭지 않게 하는 존재라는 걸

잘 알고 있습니다.

사랑은 닮아가는 것

사랑하는 사람끼리는 상대방 표정을 닮습니다. 나를 보고 해맑게 웃는 모습을 따라 웃게 되고 얼굴에 그늘이 짙어졌다면 무엇 때문에 생긴 어둠인지 걱정으로 덩달아 어두워지기 마련입니다.

티끌 없이 순수하게 웃는 얼굴에서는 그만큼 순수한 진심이 느껴져서 내가 껴입은 무장을 점점 해제합니다. 지난 상처에서 생긴 의심과 걱정의 옷을 벗어 두고 그 웃음 안에 머물고 싶습니다. 그렇게 얻은 안정감을 지키기 위해서 내가 해야 할 일이 무엇인지 고민하게 됩니다.

만약 내가 어둠을 내비쳤는데 상대방은 이를 신경도 쓰지 않고 잘 지낸다면 '사랑하는 사람끼리'라는 전제부터 어긋났을지도 모릅니다. 사랑이라는 지점에서 출발했지만, 도중 어딘가에서 마음이 달아나 버린 게 아닌지 돌아봐야겠죠. 사랑이라면 연인의 우울함이 결코 남 일이 될 수 없으니까요.

진심은 얼굴에서 숨기기 어렵고, 표정이 닮는다는 건 서로 바라보며 사랑의 확신이나 불투명함을 전염시키기 때문일 것입니다. 그렇기에 내가 짓는 표정이 한 사람의 하루를 흔들 수도 있음을 잊지 말아야 합니다. 사랑한다면 자주 웃음을 주고받으세요. 오래도록 단단하게 닮아가는 방법입니다.

즐거운 침범

혼자였거나 친구, 지인이 하자고 했다면 적당히 피했을 텐데 사랑하는 사람이 좋아한다는 이유 하나만으로 기꺼이 함께했던 일들은 유독 더 짙게 기억에 남습니다.

그중에서 스케이트를 타거나 베트남 쌀국수를 먹는 것처럼 취향에 맞지 않아서 과거에만 잘 간직한 것도 있지만 어떤 노래나 영화, 걸어서 한강 다리를 건너는 일은 이제는 내 취향이 되어서 가끔 즐기고 있습니다.

내가 상대방의 영역에 들어간 순간 자신이 좋아하는 걸 신나서 알려 주려는 그 모습은 정말 아름다운 광경입니다. 그런 날들을 떠올려 본다면 사랑한다고 말은 하면서도 자신과 상대 취향 사이에 선을 단단히 긋고 절대 넘지 않으려 하는 사람들은 소중한 걸 놓치는 것 같아서 안타까웠습니다.

내게 사랑은 탕짜면 그릇처럼 반으로 나뉜 게 아니라 카레라이스나 비빔밥과 같이 한 접시에서 서로 간이 배고 뒤섞여 버무려지는 감정입니다. 그 사이에서 벌어지는 화합과 끈적임을 꿈꿔온 나는, 무심한 상대방을 상상하는 것만으로도 벌써 외로워집니다. 사랑이라면 그 증거로 서로 취향을 자유로이 넘나드는 즐거운 침범이 자주 일어나면 좋겠습니다.

누군가를 깊게 사랑해 본 사람은 분명 그전보다 삶이 거닐 수 있는 세계가 넓어집니다. 혼자였다면 결코 관심 두지 않았을 영역도 찾아가 보고 꼼꼼히 관찰하게 되는데 너무 멋진 일입니다. 그래서 사람들이 이별을 반복하면서도, 사랑하지 않으면 적어도 상처 받을 일은 없다는 걸 알면서도 다시 사랑에 도전하나 봅니다.

과거의 나에게, 오늘의 나에게

그리고 힘든 날들을 함께해 준 당신에게

저는 제 얘기를 주변에 잘 하지 않는 편입니다. 뭐가 힘들다거나 어떤 일 때문에 걱정인지 밖으로 꺼내는 대신 혼자 삭히는 방법을 택했습니다. 힘듦을 꺼내는 일은 듣는 사람에게 그 감정을 나눠서 준다는 의미라는 걸 잘 알고 있었거든요. 차라리 혼자 짊어지고 이겨 내는 게 마음 편했습니다.

어떻게 보면 미련했죠. 제가 택한 방식은 조언을 얻을 기회가 적어서 일일이 부딪히고 실패하며 교훈을 얻었습니다. 뭐든 한 번에 성공하는 일은 드물었습니다. 소중한 가치들을 몇 번이나 잃으며 깨달아야 조금씩, 천천히 변할 수 있었습니다.

타인에게 털어놓는 대신 제 허물과 반성을 짧지 않은 시간

동안 글로 남겼습니다. 부족함과 감사가 많다 보니 분량은 쌓였고 한 권의 책이 되었습니다. 과거에 겪었던 일과 비슷한 상황을 앞으로 다시 마주했을 때 이전과 같이 대처하지 말고 후회를 줄이자는 다짐으로 자신에게 글을 썼던 게 감사하게도 많은 분이 읽어 주셔서 여기까지 올 수 있었습니다.

그동안 사람들로부터 마음의 빚을 많이 지고 살았습니다. 삶에서 맞닥뜨리는 시련마다 과분하게 좋은 사람들에게 기대고 의지하며 난관을 넘길 수 있었습니다. 그중에는 앞으로 빚을 갚을 수 있게 여전히 가까운 이들도 있지만, 연이 끊어져서 멀어진 사람도 많습니다. 한 해를 마무리하거나 책을 내는 일처럼 여러 감정을 총체적으로 정리하는 때에는 이제 없는 사람들이 더 먼저 떠오르더라고요. 이 책을 빌려 깊은 사과와 감사를 전합니다.

과거의 나와 오늘의 나에게 그리고 힘든 시기를 함께 해 주며 마음을 나눠 준 가족과 지인들, 그동안 부족한 제 글을 아껴 주신 독자분들께 이 책을 바칩니다. 사양하지 말고 기꺼이 받아 줬으면 좋겠습니다.

모두를 이해하지 않아도 다 껴안을 필요도

1판 1쇄 발행 2021년 11월 16일
1판 2쇄 발행 2021년 11월 30일

지 은 이 달밑

발 행 인 정영욱
기획편집 정해나 유지수
디 자 인 정해나 이유진

마 케 팅 박진산 최예은 임정재
영   업 정희복 유종안 이동호

펴낸곳 (주)부크럼
전   화 070-5138-9971~3 (도서기획제작팀)
홈페이지 www.bookrum.co.kr
이메일 editor@bookrum.co.kr
인스타그램 @bookrum.official
블로그 blog.naver.com/s2mfairy
포스트 post.naver.com/s2mfairy

ⓒ 달밑, 2021
ISBN 979-11-6214-376-6(03800)